大家小书·译馆

The
Private Papers
of
Henry Ryecroft

[英] 乔治·吉辛 著 李霁野 译

四季随笔

北京出版集团
北京出版社

图书在版编目（CIP）数据

四季随笔 /（英）乔治·吉辛著；李霁野译. — 北京：北京出版社，2023.9
（大家小书. 译馆）
ISBN 978-7-200-12673-0

Ⅰ. ①四⋯ Ⅱ. ①乔⋯ ②李⋯ Ⅲ. ①随笔—作品集—英国—近代 Ⅳ. ① I561.64

中国版本图书馆 CIP 数据核字（2016）第 313187 号

总策划：高立志 王忠波	责任营销：猫 娘
责任编辑：王忠波 邓雪梅	装帧设计：吉 辰
责任印制：陈冬梅	

·大家小书·译馆·

四季随笔
SIJI SUIBI

[英] 乔治·吉辛 著 李霁野 译

出　　版	北京出版集团
	北京出版社
地　　址	北京北三环中路 6 号
邮　　编	100120
网　　址	www.bph.com.cn
总 发 行	北京出版集团
印　　刷	北京华联印刷有限公司
经　　销	新华书店
开　　本	880 毫米 ×1230 毫米　1/32
印　　张	8.375
字　　数	163 千字
版　　次	2023 年 9 月第 1 版
印　　次	2023 年 9 月第 1 次印刷
书　　号	ISBN 978-7-200-12673-0
定　　价	45.00 元

如有印装质量问题，由本社负责调换
质量监督电话　010-58572393

总　序

"大家小书"自2002年首辑出版以来,已经十五年了。袁行霈先生在"大家小书"总序中开宗明义:"所谓'大家',包括两方面的含义:一、书的作者是大家;二、书是写给大家看的,是大家的读物。所谓'小书'者,只是就其篇幅而言,篇幅显得小一些罢了。若论学术性则不但不轻,有些倒是相当重。"

截至目前,"大家小书"品种逾百,已经积累了不错的口碑,培养起不少忠实的读者。好的读者,促进更多的好书出版。我们若仔细缕其书目,会发现这些书在内容上基本都属于中国传统文化的范畴。其实,符合"大家小书"选材标准的非汉语写作着实不少，是不是也该裒辑起来呢？

现代的中国人早已生活在八面来风的世界里，各种外来文化已经浸润在我们的日常生活中。为了更好地理解现实以及未来，非汉语写作的作品自然应该增添进来。读书的感觉毕竟不同。读书让我们沉静下来思考和体味。我们和大家一样很享受在阅读中增加我们的新知，体会丰富的世界。即使产生新的疑惑，也是一种收获，因为好奇会让我们去探索。

"大家小书"的这个新系列冠名为"译馆"，有些拿来主义的意思。首先作者未必都来自美英法德诸大国，大家也应该倾听日本、印度等我们的近邻如何想如何说，也应该看看拉美和非洲学者对文明的思考。也就是说无论东西南北，凡具有专业学术素养的真诚的学者，努力向我们传达富有启发性的可靠知识都在"译馆"搜罗之列。

"译馆"既然列于"大家小书"大套系之下，当然遵守袁先生的定义："大家写给大家看的小册子"，但因为是非汉语写作，所以这里有一个翻译的问题。诚如"大家小书"努力给大家阅读和研究提供一个可靠的版本，"译馆"也努力给读者提供一个相对周至的译本。

对于一个人来说，不断通过文字承载的知识来丰富自己是必要的。我们不可将知识和智慧强分古今中外，阅读的关键是作为寻求真知的主体理解了多少，又将多少化之于行。所以当下的社科前沿和已经影响了几代人成长的经典小册子也都在"大家小书·译馆"搜罗之列。

总之，这是一个开放的平台，希望在车上飞机上、在茶馆咖啡馆等待或旅行的间隙，大家能够掏出来即时阅读，没有压力，在轻松的文字中增长新的识见，哪怕聊补一种审美的情趣也好，反正时间是在怡然欣悦中流逝的；时间流逝之后，读者心底还多少留下些余味。

刘北成

2017年1月24日

乔治·吉辛和他的作品

英国小说、评论和随笔作家乔治·吉辛（George Gissing），于 1857 年 11 月 22 日，在英国约克郡（Yorkshire）的威克菲尔德（Wakefield）出世。他的父亲托马斯·吉辛（Thomas Gissing）是个药剂师，植物学家，在当地也有些名声。虽然吉辛十三岁时，他的父亲便去世了，在很多方面，他父亲对他都很有影响。他十岁便开始读狄更斯（Charles Dickens）的小说，这对他以后的研究批评和写作都是很好的开始，尽管他们的作品有不同的风格。

吉辛先在朋友会所办的寄宿学校读书，这时已经显出他的性格特点：酷爱书本，喜好幽居独处和散步。他的成绩优秀，1872 年进入曼彻斯特（Manchester）大学的前身欧文学院

(Owen's College)，因为成绩好而获得奖学金。但是不幸，他结识了一个年轻的娼妓，对她的遭遇很有同情，认为这是社会的罪恶，既给她经济帮助，又为她买了缝纫机，努力使她自新上进。在自己囊空如洗的时候，为了她，他窃取别人的钱，被发现而坐了一个月的监狱。他的学习研究的事业便无法实现了。

吉辛亡父的几个朋友设法使他到美国去，另辟生活的道路。他1876年去美国后，教过书，也为报纸写过短篇小说，但都失败了，他贫苦到几乎饿死。1877年10月，吉辛回到欧洲，在德国短期停留，研究哲学和古典文学，然后到伦敦居住，生活仍然十分艰苦。他同为她而自己失足的女子结了婚，一心想引导她上进，但是她酗酒放荡，无可救药，他们几年后终于分离了。她于1888年死去。

三年后，吉辛又同一个女工结婚。她是一个泼妇，不仅侮辱丈夫，还殴打儿子。吉辛是很疼爱儿子的，只是为了孩子的缘故，他尽力容忍，1897年暂时离异，还让步言归于好。但是几个月之后，事情闹到他忍无可忍的地步，他跑到意大利，避开干扰，从事写作。吉辛未再同她见过面，她终于被送进了疯人院。

吉辛的最后几年生活是在法国度过的。有个年轻的法国女子嘉布丽埃勒·弗勒里（Gabrielle Fleury），想要翻译吉辛的长篇小说《新格拉布街》（*New Grub Street*），两人因此相识了。吉辛终于找到了合适的配偶，但他同前妻不能合法地离婚，他认为美中不足。他的经济情况好转了一些，但是他的健康越来越坏，终于在1903年12月28日在圣让-德-吕兹（St. Jean-de-Luz）附近的伊斯普雷（Ispoure）逝世。

吉辛的一生贫困潦倒，不仅在两次选择配偶上都很不幸，在选择朋友上结果也并不更好。"他的私人生活的主要记录，来自两个文人，他们在吉辛生时很同他接近，但在他死了之后，却用优越的怜悯态度来写他：这两个人就是莫利·罗伯茨（Morley Roberts）和威尔斯（H. G. Wells）。"[1]

罗伯茨的《亨利·梅特兰的私人生活》（*The Private Life of Henry Maitland*）是吉辛的非正式传记，"语气是可叹的，屈尊的，细节有许多不正确的地方"。[2] 威尔斯在《自传的尝试》（*Experiment in Autobiography*）中写到吉辛。吉辛在《四季随笔》（《夏》23）中写的N，就是这个威尔斯。若将二者加以比较，"想到你一旦离开这个卑污的世界，人会对你做出怎样的事，令人发抖"。

*　　*　　*

吉辛虽然有一个从事新闻工作谋生的机会，他却宁愿在贫困中写小说。他对此颇有信心。他在1880年1月25日给弟弟阿尔杰农（Algernon）的信中说："我准觉得小说是我的长处；一天天我越来越准觉得是这样……你会看到，我将挤进小说家的队伍，不管我的地位是一个士兵或者一位将军。"

他的第一部长篇小说是《黎明时的工人》（*The Workers in*

the Dawn，1880）。他在给阿尔杰农的信中解释说："这是一部长篇小说……写社会问题的，主要的人物是几个认真的年轻人，仿佛在我们的文明的黎明新时期，努力于改革。"（1880年1月2日）在这本书印行之后，他更详尽地解释了它的目的："这本书首先不是普通意义的长篇小说，却是很强烈地攻击（可能说得太明显了）我们现在宗教和社会生活的有些地方，这些在我看来是很应责难的。首先我攻击政府对犯罪的疏忽，它们把时间浪费在比较次要的事情上面，而忽略那些早应严格处理的可怕的社会罪恶。在这里，我是进步的激进党的代言人。"（1880年6月8日）

《黎明时的工人》写成后，没有出版商为他印行，吉辛适好得到一百镑遗产，便自费出了这本书。作者自己说，这是一本写社会问题的小说，目的是在攻击社会罪恶，但是书中有很多地方阐明艺术要摆脱宣传而独立。这种矛盾的思想，在吉辛的书信中，也表现得很清楚。他在1880年11月3日给他弟弟的一封信中说：

> 确实我在小说中为自己开辟了一条道路，因为人当然不能拿我的方法和目的同狄更斯相比。我的意思要将我们贫穷阶级可怕的情况（物质的、心理的、道德的）展示给人们，指明改变这情况的计划，尤其要在这样十足的自私自利和"买卖经"的时代，宣传对于正直高尚理想的热诚。我绝不写一本离开这种观点的书。

他在1883年5月12日给他妹妹的一封信中却说,政治的狂言乱语不久就被人忘记,但是"艺术家的作品,无论使用的是什么材料,都一直是世界健康的源泉"。

在吉辛第一次到欧洲旅行之初,他不得不住在巴黎最穷苦的工人区,周围街道的贫穷情况使他憎恶,他在日记中写下自己的决心,要在离开伦敦时,专心做其他的事情:"现在我对与人民生活有关的一切,都感到很不欢喜……我对这类事情的全部兴趣,都留在伦敦了。渡过英法海峡,我变成纯纯净净的诗人了,或者还不如说,变成理想主义的艺术研究者了。"[3]

从这些情况看来,我们不难了解,吉辛的社会理想为什么很快就发生动摇变化,他对于贫苦阶级的人民不是同情,而是基本轻视憎恶,对于社会改革并无信心与热情了。

吉辛的第二部长篇小说《未归类的人》(The Unclassed, 1884),也表现出他的矛盾心理。他借着书中人物韦格马克(Wagmark)的口,有这样的表白:

> 在那凶猛的急进主义,在工人俱乐部讲演等等的日子里,我并不是有意的伪善者;缺点是在我还不那么完全了解我自己。对痛苦的大众的热诚,只不过是化了装的对于我自己受着饥饿的感情所表现的热诚罢了。我是贫穷的,绝望的……我将自己同贫穷无知的人视为一体;我没有把他们的事业当自己的事业,却把我的事业当他们的。

但是吉辛也是通过韦格马克的口说:"现今艺术必须是灾难的代言人,因为灾难是近代生活的基调。"

这本小说表现了韦格马克的灾难。他的父亲原来小有资产,因为投机破产,绝望而死。韦格马克只好在一个糟糕的学校里做教师谋生,但极度的贫困,使他不能满足对文化知识的要求。他对金钱万能的社会提出了控诉:"我对只能糊口的生活感到厌恶。假如一个人能够小康,会展开多么荣耀的可能呵。世俗的人说,'时间是金钱'……我宁愿说,'金钱是时间';金钱意味着闲暇,和随之而来的一切……它是肥沃的土壤,培育着生命之树的根……在它上面,繁茂地滋生着艺术、文学和科学……金钱意味着美德;没有金钱意味着罪恶。魔鬼最喜爱躲藏在空无所有的钱袋里面……有钱的人是唯一的国王;没有钱的人都是他脚凳前的奴隶……他能买文化,买心理宁静,买爱情……"

另一种灾难就是韦格马克的朋友朱利安(Julian)的婚姻。朱利安在母亲死于意大利之后,被父亲送到舅父家,以后就听不到父亲的消息了。他的舅父在逝世之前,要求朱利安允诺照料女儿哈丽奥特(Harriot)。朱利安诚实善良,喜爱文学艺术,是韦格马克的好友。他遵守诺言,照料哈丽奥特,并且落入她的圈套,同她结了婚,她泼恶嫉妒,使他过着地狱似的生活。

再有一个在资本主义社会受尽灾难的就是艾达·斯塔尔(Ida Starr)。她出生时母亲被弃,她的外祖父坚持母女不再见面，才肯收留孩子，结果她只有带着孩子流落，不得不卖淫为生。但她千方百计不让孩子知道情况，而努力使她上学。她的同学哈丽奥特写她母亲是下流坏女人，艾达用石板将她打伤，自己因而被开除了。她先被诱奸，后不得不短期卖淫，但她的灵魂纯洁，力求上进。她同韦格马克偶然相识了，他常借书给她阅读，虽然情投意合，却只限于友谊关系。因为想改进朱利安的家庭生活，韦格马克向他建议，让艾达与哈丽奥特结识，帮助她进步。他们知道了过去的情况之后，经过说明，两人仍然同意交往。哈丽奥特做好圈套，诬告艾达偷她的东西，使艾达入狱服劳役六个月。

在审讯时韦格马克就找他亡父的朋友伍德斯托克（Woodstock）帮忙，他很热心，但官司败了。他为艾达安排好住房，让韦格马克在她出狱时去接她。但韦格马克那一天失踪了，由朱利安去代接，艾达十分苦恼。后来知道韦格马克为伍德斯托克到贫民窟收房租时，为一个酒鬼房客捆绑，抢去租金，自称一生未过一天幸福日子，要用抢到的钱把自己醉死。通过这个醉鬼事件和贫民窟一般情况的描写，资本主义社会中贫苦阶级的灾难就充分表现出来了。

韦格马克虽然对艾达已有深厚的爱情，现在知道了富有的伍德斯托克原来就是艾达的外祖父，便不敢有什么妄想，同原在学校同过事的女教师莫德（Maud）订了婚，并请伍德斯托克告知艾达，以后就不再露面了。因为怕外孙女悲伤，伍德斯托克并未把这件事告诉艾达。艾达建议改贫民窟的悲惨情况，伍德斯托克去查看以便修整住房，染上天花死去了，艾达变成了财产继承人。莫德因受宗教影响，视人世生活为罪恶，父亲被捕，母亲死亡，她向韦格马克要求解除了婚约，艾达终于同韦格马克有了结合的可能。

若说哈丽奥特的婚姻有吉辛第二次结婚的阴影，艾达·斯塔尔不仅在智力，而且在精神、道德方面都有进步，是吉辛所塑造的最可爱女性之一，或者可以说是他第一个妻子理想化的写照吧。

这部小说并不是吉辛的重要作品，但是他所塑造的人物有很不同的类型，他所描写的社会环境很有代表性，他的人生观、艺术观和生活经验都有所涉及，所以我用了较多的文字叙述了这部书的梗概。

吉辛的第三本小说是《群氓》（*Demos*，1886）。在他开始写这本书的时候，英国的空想社会主义已经成为有些声势的运动了，他用的就是这种社会背景。书中的主人公穆蒂梅尔（Richard Mutimer）意外得到一笔财产，他用来建立一个工厂，以空想社会主义的原则为根据。他是一个自私自利、野心勃勃、不关心别人痛苦的人，因而抛弃了已经订婚的贫穷女子，和一个中等阶级妇女结了婚。他对工人也很刻薄。他的妻子发现了丢失的遗嘱，使他失去了财产，他的计划化为泡影，夫妇只好到伦敦去过贫苦生活。穆蒂梅尔终于在一次群众集会时被一个反对他的工人用石击毙。这部小说意在表现：下层阶级无力运用给予他们的权力；社会阶层的改变，不容易消除环境与遗传赋予下层阶级的性格缺点。这自然是吉辛的生活经验、性格和思想局限所留下来的可悲烙印。

吉辛虽然对于整个下层阶级没有同情，对于社会改革的效果不抱幻想，但他在小说中所塑造的人物，又往往给我们留下不同的印象。除了上面提到的艾达·斯塔尔外，在他的《瑟扎》（*Thyrza*，1887）中表现得最为清楚。理想主义者埃格雷蒙特（Egremont）为提高工人们的文化，自己给一群工人讲英国文学。其中一个工人格雷尔（Gilbert Grail）很有进步并喜好读书，埃格雷蒙特同他成了很好的朋友。为帮助格雷尔得到适宜的工作，有更大的进步，他为工人们建了一个图书馆，提议格雷尔去当馆员。

瑟扎是个工人阶级的女孩，和她的母亲和姐姐同格雷尔住在一所房里，她同格雷尔订了婚。她对于建设中的图书馆当然很感兴趣，便去看望，在那里遇到了正在放置书籍的埃格雷蒙特。两个人一见钟情，互相热爱，这对两个人都引起了精神危机。埃格雷蒙特决然出国逃避，瑟扎也离开了家，隐藏在一处，贫病交加。一位奥蒙德（Ormonde）夫人发现并收养了她。

埃格雷蒙特来向奥蒙德告别时，谈到上面的情况，她劝告他，若是两年后瑟扎感情不变，她同意他们结婚。这谈话被瑟扎在隔壁听到了，满心高兴。以后她欢欢快快，努力提高自己的文化修养，进步十分引人注目。两年后埃格雷蒙特回来时，奥蒙德夫人误以为她的感情改变了，劝他同另外一个人结了婚，与瑟扎并未见面。瑟扎绝望悲伤，终于心脏病发死去了。

在这部小说的一篇引言中，莫利·罗伯茨说："吉辛对这本书和瑟扎自己，总怀着深情的回忆……在他写《瑟扎》的时候，他描绘了妇女中这样一朵花，满可以适当地做他自己的配偶……同她并立的有格雷尔……在格雷尔身上有许多同吉辛相似的地方：他对文学的热爱，他的弱点，他对环境的极端憎恶……"

罗伯茨在引言中叙述，他给吉辛一本惠特曼的《草叶集》。吉辛先很冷淡，但听他读了约十分钟之后，却热心起来了。在埃格雷蒙特写给奥蒙德的信中，引了惠特曼的《欢乐之歌》。"读这本书的人也许乐于知道：在写作时，作者或者接近了他所能达到的幸福境界。在书写完的时候，我知道作者自有他自己的《欢乐之歌》"。

乔治·吉辛的另外一部小说《下层社会》（*The Nether World*, 1889），赤裸裸地描写了最贫穷民众的污浊与不幸，并对他们毫无同情。这同《瑟扎》成为鲜明的对照。很可能这与吉辛第一个妻子的死所给予他的感情震动有关系。[4] 再说，吉辛苦心钻研古典文学、荷马的史诗，维吉尔及希腊牧歌所描绘的情景萦绕在他的眼前脑际，伦敦的贫民区使他憎恶，是不难理解的。[5]

但是，吉辛对于普通的劳动人民的态度并不是一成不变的。他原以为自己是穷人的坚决支持者，例如在《黎明时的工人》和《瑟扎》中就是如此。但是第一次到欧洲旅行之后，他对于贫穷,及其问题就变得淡漠了,开始写关于中等阶级生活的小说。在他生活的后期,他的敌视态度显然变得缓和了。例如,在《爱奥尼亚海岸游记》(*By the Ionian Sea*)中,他写1897年卧病在一个小旅馆时,护理他的仆人虽然外表粗鲁,却是很和蔼可亲的。《四季随笔》中有些片段对于穷苦人民不仅同情,且有些敬爱之意。[6]

吉辛第一次引起一些公众注意的小说是《新格拉布街》(*New Grub Street*, 1891)。格拉布街是旧时伦敦的一个贫苦文人居住区,这部小说所写的主要人物就是这样的文人。里尔登(Reardon)是持吉辛观点的人物,认为文学是最宽广意义的诗,作者应当坚持原则,不能投世俗读者的嗜好。米尔文(Milvain)却相反,他认为文学是一种买卖,读者喜爱什么,就要投合他们的趣味。里尔登的第一部作品还得到一点小小的成功。埃米(Amy)同他结了婚。她希望丈夫成为一个出名成功,因而富有的作家,使自己也可以得到荣誉,但是他失败了,再写不出作品,忧郁贫困死去了。米尔文却很成功,原同玛丽安(Marian)订了婚,后来因为她得到的一点遗产又丧失了,他便把她抛弃,同有更多遗产的埃米结了婚。同里尔登同样见解,不愿以作品当商品兜售的比方(Biffon),生活也以悲剧告终。

吉辛在这部小说中写了许多他自己的生活经验,惠尔普戴尔(Whelpdale)的遭遇就是吉辛在美国的经历。"作者的很多心血灌注到这部作品之中,作者熟悉他所塑造的人物,因为他受过他们所受过的痛苦，经验过或了解他们的失败"；简单说，在《新格拉布街》中，我们读到乔治·吉辛"用心血所写的书的另外一章"。"它超出了自传，变为一个时代的画图。"[7]

吉辛因为《新格拉布街》得到一点成功，原以为下一部小说《在流亡中诞生》（*Born in Exile*，1892）可以顺利出版，解决些经济困难。但稿子遭到几个出版家拒绝。终于被一家出版社接受出版，稿酬也只有他希望得到的半数。书出版之后，也未引起注意。书中没有动人的情节，只在平平稳稳的谈话之间插入些人物性格分析的片段。中心人物戈德温·皮克（Godwin Peak）却写得生动特出。他是一个无神论者，他反对基督教，当然也反对以这种教义为根据的道德。他自己又没有一种新的道德准则，而且认为无法决定什么是真理，只照环境的需要和指引行事。这种道德的虚无主义，造成19世纪后期知识分子的精神矛盾和危机。这就是这部小说的主题。

小说的故事很简单。皮克在一个地方的大学读书，虽然贫穷，却成绩优良。他的叔叔要在大学对面开一个廉价饭馆，他感到屈辱，便放弃学习到伦敦。当他与同学沃里科姆（Buckland Warricome）的中等富有家庭熟识起来的时候，他羡慕那种生活，便由无神论者变为要做一个牧师的人，因为这家是虔信宗教的，他要以此为手段与女成员西得韦尔（Sidwell）结婚。他被沃里科姆发现是一篇反宗教论文的作者，便不准他再到家里去。而皮克却认真爱起西得韦尔来了，又发现她的思想变了。两人虽然有和解可能，皮克却去了德国，死在那里了。

在小说结尾，皮克的一位朋友想，他是在流亡中诞生，也是在流亡中死去的。

在《奇怪的妇女》（*Odd Women*，1893）中，吉辛写到家境艰窘，而又要保持体面，遵守世俗道德的妇女们的悲惨命运。姊妹三人从父亲那里得到极少的遗产，而又未得到什么教育和训练。长女艾丽斯（Alice）是一个郁郁寡欢的老处女；幼女莫尼卡（Monica）只是一个玩偶似的女孩；次女弗吉尼亚（Virginia）生活百无聊赖，拘守世俗礼节，而私自饮酒消愁，最后才被人发现。在妇女没有经济独立权的社会中，她们只是没有地位的多余的人。吉辛这部小说所正面提出的就是这样的妇女问题。

《伊芙的赎救》（*Eve's Ransom*，1895）的男主人公希利亚德（Hilliard），意外得到一个破产的人偿还的他父亲的钱，决定过一段自由自在的生活。他曾见到一幅少女的画像，对她入了迷，便决心寻找她，竟在巴黎遇到了。她名叫伊芙·马迪莉（Eve Madeley），已经同一个人发生了关系。希利亚德用钱赎救了她，她感谢地对他说："你若愿意。请你记住，我现在的一切都归功于你。我几乎全完了——只有终生做不幸的俘虏。你来赎救了我。"于是两人订了婚。但与此同时，她又与纳拉莫尔（Narramore）订了婚约。对于伊芙这种特殊性格，吉辛并不讽刺谴责，而是以细致的笔触加以精心刻画。一个评论家说："在描绘令人难忘的伊芙时，吉辛显示出一种约制的、富于艺术暗示的手法，我们在其中看出的艺术，是想象的天生纯净的产物。伊芙有种神秘的、独立的自我。"

以上我们只从吉辛的二十二部长篇小说中,选几部重要的简单加以评介。他还有三部短篇小说集,其中一部是他在美国所写的短篇。

对于吉辛的小说的评价很有分歧,他也不是怕接触下层社会生活的读者所欢迎的作家。"但是,假如你要想了解19世纪最后四分之一,对其精神与形式增添知识,阅读乔治·吉辛的小说,会有丰富的收获。"[8] 任何时代的特点,用这样激昂热情表现出来的情形是少有的。被他所见所受的事情激怒,严厉地抗议着,他一直了然他那时代的主要情况,很少其他英国小说家像他那样准确。"[9]

* * *

吉辛对于狄更斯的研究和评论是得到很高评价的,他的《狄更斯评论》(*Charles Dickens: A Critical Study*, 1898)对狄更斯的作品做了全面的分析,其中关于小说艺术的论述,也很有参考价值。这本书首先谈到狄更斯所处的时代,是工业革命使中产阶级兴起,和随之而来的丑恶、卑鄙、粗俗等等不良的现象。童工的悲惨情况,与他自己不幸童年的联想,在他的思想感情上留下深刻的烙印。

狄更斯的最初生活是在罗切斯特(Rochester)和查塔姆(Chatham)度过的,这时他有机会接触乡村生活,并对之热爱。入学校只是有名无实，但自己阅读 18 世纪英国小说家的作品，却对他很有影响。他的不幸从到伦敦开始，但两年劳苦的童工生活（1822—1824）对于他作为小说家的成长却大有好处。这使他身临其境，了解伦敦的贫民生活，并使他有机会积累文学创作的材料。时间不太长，不致使他的和悦可爱的性格变为酸苦，对于英国文学也是一件幸运的事。十二岁时他被送进学校，虽然未受到当时认为最好的古典教育，使他引为终身遗憾，他却从这时起步步成功，二十四岁时就成了英国最受欢迎的作家。

代替了正式学校教育，使他最受教益的，是哥尔德斯密斯（Goldsmith）的小说，艾迪生（Addison）和斯梯尔（Steele）的散文。《天方夜谭》对他写作的影响是很大的：在一般人看来只是普通的日常习惯和生活，狄更斯都善于使它们富有东方故事的神奇色彩。

《博兹札记》（*Sketches by Boz*）是狄更斯的第一部作品，但它包括了他的全部作品的萌芽。他所写的是中产阶级下层，这总是他写得最出色的地方。他对于伦敦的有些描写，以后没有被超出过。不过狄更斯式的幽默还没有成熟。

狄更斯的第二部作品《匹克威克外传》（*The Posthumous Papers of the Pickwick Club*），不能算是普通意义的长篇小说，却是由写个别事件的短篇组成的。事件题材都平平常常，但狄更斯的天才却把它写成了一部杰作。特别在本书结尾，表现出狄更斯的乐观主义的精神。心肠坏的人，终于知道感恩谢德；

心肠好的人，感到满意畅快；人人皆大欢喜。作者的态度是真诚的，高尚的，所以特别受到读者的欢迎。

《雾都孤儿》（*Oliver Twist*）是遵照英国小说的旧传统写的，结构方面有很大缺点。狄更斯原想做演员，对于舞台表演特感兴趣；但在小说中，这种倾向却有损无益。这从这部小说中可以明显看出来。

《尼古拉斯·尼古贝》（*Nicholas Nickleby*）是狄更斯第一次访美之前所写的书中最不令人满意的一本，最大的缺点是想以情节取胜，而描写得软弱无力。

《老古玩店》（*The Old Curiousily Shop*）是一篇真正意义的故事，结构比较完整，读起来很令人愉快。读者常常闻到的是英国农村的新鲜空气，而不是舞台气味。

《巴纳比·拉奇》（*Barnaby Rudge*），一部分是私人生活的传奇，一部分是历史小说，两部分不是组合得很好的，但总的说来，结构还不算最坏。让狄更斯将所熟悉的生活，在简单的日常过程中展示给我们，没有哪个小说大师能够超过他；若要他用情节编造一个故事，他就只能列入一般小说家的行列。

1842年是狄更斯事业的转折点。第一次访问了美国，他的思想境界扩大了。回来写了《美国纪行》（*American Notes*）和《圣诞颂歌》（*Carol*）之后，于1844年完成了《马丁·朱述尔维特》（*Martin Chuzzlewit*），在幽默、讽刺和戏剧效果几方面都是他的最特出的作品。但是故事是不连贯的，我们只记得一些人物，一些场面，此外就显得是一片模糊回忆了。

《董贝父子》(*Dombey and son*) 是在阿尔卑斯山区写的，离开熟悉的伦敦，影响了写作的速度，狄更斯颇以为苦；幸而他记忆中储存着许多伦敦图景。他显然努力使故事完整了，但全书若写完保罗的死就结束，效果就会更好。

《大卫·科波菲尔》(*David Copperfield*) 是以狄更斯童年所受的痛苦做基础的，也涉及以后的家庭烦恼。狄更斯认为这本书是他的最好的作品，世人对此表示同意。但这本书也不是没有缺点，其一是滥用戏剧手法。阿米丽（Amily）的故事构思不佳。围绕着个别人物的神秘，有的人物的无赖行为，令人难以置信。

《荒凉山庄》(*Bleak House*) 的最大缺点是作者只想引起读者的兴趣与惊异，而大量滥用了巧合事件。《小杜丽》(*Little Dorrit*) 暴露贪与野心的罪过，虽然为人轻视，书中却有些艺术完整的片段。《我们共同的朋友》(*Our Mutual Friend*) 未滥用戏剧手法，事件发生尚属合情合理，不过有些地方令人难以卒读。《艰难时世》(*Hard Times*) 是一本应被忘却的书，无什么可取之处。《远大前程》(*Great Expectations*) 结构是比较完整的，可惜狄更斯接受了李顿（Lytton）的建议，把结尾改为幸福的，在艺术上受到损害。本书用第一人称叙述，这种艺术手法运用得很好。《双城记》(*Tale of Two Cities*) 像《巴纳比·拉奇》一样，是历史小说。前者比后者结构较佳，但不如它生动。在这两部书中，狄更斯攻击当时他最为憎恨的东西：宗教的狂妄和社会的专横。

1867年秋天狄更斯第二次访美，公开朗诵损害了他的健康。次年回英国，仍然朗诵，1870年4月才停止。休息几月之后，他又开始写一本新书，《埃德温·德鲁得之秘》（The Mystery of Edwin Drood）；8月6日晚发了病，第二天就去世了。最后一本书只写了一半。

　　吉辛在《狄更斯评论》中对于他的作品做了以上的评价。吉辛进一步说，狄更斯写作时遵守一个原则：避免写令人不愉快的事。在这一点上，他像时光一样，使令人不快的事朦胧，而突出我们乐于记忆的事情，这并不有损艺术的真实。在刻画人物时，他善于用具体的描写，使心中的形象栩栩如生地展现在读者眼前，而却不善于分析。他能运用幽默和理想化的手法，将在现实中会引起憎恶的人物，写得令人捧腹大笑，觉得这些人物是可亲可爱的了。甘普太太（Mrs. Gamp）和利里普太太（Mrs. Lirriper）就是如此。狄更斯用讽刺的精神所写的一些妇女，用同情的态度所写的一些儿童，很难令人忘记。

　　作为小小范围的现实生活的图景，《荒凉山庄》是他最伟大的作品。《小杜丽》中的杜丽兄弟，在人物刻画上是成功的，显示出狄更斯的天才。

　　狄更斯在他的作品中从不忘记道德的目的。他总通过作品，用善良、纯洁、正义、怜悯、荣誉等等理想教导读者，讽刺、幽默是他善于运用的手段。多数读者希望恶人得到应有的处罚，狄更斯总使他们满意，他也常以读者接受的情况衡量自己的作品，但绝不是出于功利的考虑。

除了《狄更斯评论》之外，吉辛还为梅休因（Methuen）出版公司准备出版的罗切斯特版《狄更斯全集》写了十二篇导言，这个全集实际只出了六本，十二篇导言丢失了三篇，后被编为《不朽的狄更斯》（*The Immortal Dickens*，1925）印行。

* * *

除了小说和评论之外，吉辛还写了一本《爱奥尼亚海岸游记》。他是沉醉于古希腊罗马文学艺术中的，尤其因为受吉本（Gibbon）的《罗马帝国衰亡史》的影响，很关心这一历史时期。在《爱奥尼亚海岸游记》第一章中吉辛就写道：

> 每人都有自己的智力方面的欲望；我想逃避我所熟悉的生活，梦入古代的世界，这是我童年想象的快乐。希腊和意大利的名字吸引我，没有其他名字可以与之相比；它们使我恢复青春，并使我重新获得那个时代的锐敏印象：那时每页新的希腊文或拉丁文，都使我领会到新的美丽的事物。希腊人和罗马人的世界是我的传奇的地方；两种文字的引文都奇怪地使我颤动，有些希腊罗马诗歌的片段，我读时一定泪眼蒙眬，甚至使我不能高声重读。

在第九章中，吉辛写到他在病中发烧时，看到古代事物景色的幻影，比在书中读到的更美更真，甚至在幻梦中，两千年前汉尼拔（Hannibal）从罗马土地上退却时，屠杀意大利雇佣兵的情景，也逼真地呈现在他的眼前。

在有些地方，他联想到荷马、忒奥克里托斯（Theocritus）、贺拉斯和维吉尔。这本书以这句话结束："我愿我能够无终止地在古代世界的沉默中漫游，把今天同它的一切声音统统忘掉。"

吉辛在这本书中，表现出他对于劳动人民的同情与敬爱。他描写了一群劳动着的渔民，说他们使他想到古瓶上的人物。他也写了一个犁地的农夫："我从来没有见过这样顶有耐心、原始的慢吞吞的人。用驴犁地的方法是拉一分钟，歇两分钟，这并不使犁地人吃惊或憎恶。虽然他手里拿一根长棍，他绝不使用它；每次停顿下时，他只注视着驴，很亲热地拖长叫一声'Ah——h——h！'他们并不是赶牲口的人和牲口，却是一同劳动的伴侣。看着他们，使人心平气和。"他也写到一个卖纺织品的妇女，每次被人拒绝购买时，她的态度温雅，令他赞叹不已。

吉辛是喜爱音乐的，听到乐声，总引起他的欣感之情。这些地方很可以帮助我们了解他的性格。他在《爱奥尼亚海岸游记》中写道："一在意大利天空下听到他们的乐声，意大利人民的缺点就都会被原谅了。我们记起他们曾经受苦，但是尽管如此，他们却有成就……无论你在什么地方行走，土地都被鲜血浸透……这是一个疲倦哀婉的国度，永远回顾过去的事物……被歌唱的声音所感动，我为自己愚蠢的不快之感和吹毛求疵请求原谅。若不是为了我爱这个国土和人民，为什么我到这里来呢？我不是充分知道我的爱所得到的回报吗？"

吉辛的《四季随笔》(*The Private Papers of Henry Ryecroft*)是一些短篇随笔结集，他说是编集亡友亨利·赖克罗夫特的日记成书的。实际上"这本书的主要素材来自《吉辛的杂记本》"[10]，本中有许多思想片段，被扩展成为随笔收入书内，有些见闻和经历两处的文字记录大体相同。赖克罗夫特是吉辛假设的书中主人公，其实他就是吉辛的化身，他的许多意见也就是吉辛的意见，不过这并不是吉辛的自传，因为吉辛的晚年生活完全和书中所写的异趣。吉辛关于这本书给他的朋友哈里森（Frederic Harrisen）写信说：他希望不要把这本书认为是自传的，因为"本书渴望的成分远胜过回忆"。吉辛引用贺拉斯的诗句作为本书题词，"像我所祈求愿望的"（Hoc erat in votis），也可以证明这一点。意见很有不一致的地方，因为吉辛自己的有些意见也不是一成不变的。

吉辛的有些意见，在本书中和在小说中一样，在我们看来显然是反动的。他的态度也矛盾，这在谈《爱奥尼亚海岸游记》时，我们已经提到了。他虽然反对传统的宗教，他也不相信并反对科学（《春》17），他虽然痛恨并极力攻击资本主义的丑恶与罪过，他又说："我并不是民众的朋友……我的每种本性都是反民主的，我怕想到无可抵抗地受着民众统治时，我们的英格兰会变成什么个样子。"（《春》16）他自己很重视文化修养与教育，但是他对"那一帮半受教育的人"很有反感，

说,"他们是我们时代的特色,也是危险……我在这些人身上能看出我对于下一世纪希望的明证吗?"(《春》22)

吉辛对于下层贫苦群众,能够"哀其不幸",并对他们的劳动表示感谢:"我对于别人的劳力的负欠,比多数人要了解得多了……我很知道,每文钱都是从人的毛孔流汗得来的……眼光看得够远的时候,它代表筋肉的劳动,代表支持着我们生活的有复杂组织的、粗人的劳动。我这样想它的时候,平民得到我的感谢。"(《秋》15)。

他也能感到惭愧,像他在杂记本中所写:

> 我看着劳动男女的手,不能不感到深为痛苦。拿我的手同他们的手相比,使我羞愧。

但是他既不了解劳动人民"愚昧、粗俗"的社会根源,也不"怒其不争",因为他对此早已丧失了信心。

在《四季随笔》中表现得最突出的思想是热爱祖国。在《春》的第二部分中,吉辛就写道:"我不是四海为家的人。若是要我想我将死在英格兰以外的地方,这思想我觉得会是可怕的。在英格兰,这是我选定的住处,这是我的家。"

一个热爱祖国的人,必然以祖国的文化成就自豪。在《夏》的第二十七部分中,吉辛写道:

> 今天我读了《暴风雨》(*The Tempest*)……

我欢喜相信这是诗人的最后作品。是他在斯特拉特福德的家里写作的。他一天天在那教导他喜爱英格兰乡间的田野间散着步。它是至高的想象力的成熟果实，是一个大师的手所写的完全艺术品……《暴风雨》包含所有戏剧中最高贵的沉思的段落；包含表现莎士比亚最后的人生观的段落……它包含他的最美妙的抒情诗，最温存的爱情的节段和仙乡的一瞥……

在许多使我乐意生在英格兰的理由之中，用本国语读莎士比亚是其主要理由之一……让每个国家从它自己的诗人得到快乐；因为诗人就是国家，就是它的一切伟大和甜蜜，就是人们为之生死的一切难传的遗产。我合起书来的时候，爱和敬占据了我的心。我的全心是倾向这个伟大的魔术家呢，还是倾向他在上面施用了魔术的岛呢？我不知道。我不能把两者分开来想。在这至美至上的声音所唤醒的爱与敬中，莎士比亚和英格兰是一体的。

对于一个热爱祖国的人，自然界景物当然是很亲切的。在冬季下着雪：

灰色的天空……一片茫茫、冷酷、忧郁……在炉边无事，在渐深的暮色中……我的幻想漫游，领我在夏季英格兰的梦中走得又远又广。

……

我在南丘上散步。在山谷里太阳是炎热的，但是高处却低吟着微风，使前额清醒，使心里充满快乐。我的脚在那有短柔的草的土上有一种不厌倦的轻快；我觉得能够继续老往前走，一直到白云在那里投下飞影的最远的地平线。在我下面，不过是很远的地方，是夏季的海，平静，沉默，它的永远变化着的蓝色和绿色，在最远处被明亮的中午的轻雾弄朦胧了。向内伸展着上面有羊点缀着的、起伏不平的广阔的高地，再往远处便是耕地和苏塞克斯（Sussex）林野的绿林，颜色像上面的青天一样，不过更深就是了。靠近处，在那面可爱的洼地，几乎隐藏在树间，有一个古老而又古老的小村落，褐色的屋顶被金色的苔藓点缀着；我看到低矮的教堂尖顶和四周的小小的墓场。同时在高高的天空中，有一只云雀正歌唱着。它落到它的巢里去了，我可以梦想到，它的快乐的歌中有一半幸福是对于英格兰的爱……（《冬》23）

这是回想夏季，冬季怎样呢？

北方的严寒的长冬会使我的精神难受；但是在这里，秋以后只是休息的一季，是大自然逐年的微睡罢了。这种安息的影响我也参加享受。在炉边打盹过一点钟是很常有的事；往往我让书掉下去，乐意去沉思。但是冬天更常有阳光——那柔和的光是大自然梦中的微笑。我出去，漫游到远处。落叶时风景的变化使我欢喜；我看到在夏季隐藏起来的溪流和水池；我所欢喜的小径有了不熟悉的外表，我和它们更为认识了。不着叶衣的树形有一种稀有的美；若是偶然雪或霜使它们的枝条变成银色，对着朴素的天空，它便变成了永不令人厌倦的奇迹了。

我逐日看望菩提树上珊瑚色的嫩苞。在它们开放的时候，我的快乐中混合着一点惋惜。(《冬》12)

下面一段秋景的描写多么令人神往：

日出时我向外望，没有一处可以看到巴掌大小的云；在那露水上面闪耀的神圣的清晨中，树叶仿佛快乐地轻轻颤动着。日落时我在高出房屋的草场中站着，看望红的日轮落进紫霭中，在后面紫罗兰色的天空中升起了满月。早与晚中间，在日晷的影轻轻转一周的时光里，都充满了可爱和说不出的安静。我可以想象到，秋天从没有给榆树和山毛榉穿上过这样灿烂的衣服；我想，我墙上的簇叶从来没有在这样堂皇的深红中闪过光。这不是漫游的日子；在蓝色或黄金色天宇下面，眼睛看不到一样不美丽的东西，在梦幻的安息中和大自然一致，已经够了。从割过庄稼的田地，乌鸦长声高叫；时时传来的有睡意的鸡鸣表示出邻居的田家；我的鸽子在鸽巢上咕咕地叫着。在花园的闪光中，仿佛被觉不到的空气的颤动所吹飘的黄蝴蝶，我看了它五分钟还是一点钟呢？年年秋季总有这样完全无缺的一天。我所经过的，没有一天将我的心这样感动到合适的欢迎情绪，这样实现它的平静的希望。(《秋》18)

这一幅秋景的静美图画，使人想到作者对于宁静沉思的颂歌：

若是我知道一点事情的话，我知道我天生是过宁静和沉思生活的人。我知道只有这样，我所有的长处才可以有活动的余地。半世纪以上的生活教给我：使世间变黑暗的错误和愚蠢，多半是不能使自己心灵安静的人所酿成；救人类不至灭亡的好事，多半从在深思沉静中度过的生活得来。人世一天天越来越吵闹；我个人不愿在增长的嚣嚷中加上一份，就凭了我的沉默，我也给了一切人一种好处。(《春》4)

作者这样描写了他家中的宁静生活：

这间屋子的绝妙的安静！我完全无所事事地坐着，观望着天空，看着地毯上黄金色日光的形式，随着时光一分分过去而变化，我的眼睛顺着一张张装框的版画，顺着一行行心爱的书籍看过去。屋里没有任何东西活动。在花园里我可以听到鸟雀歌唱，我可以听到它们的翅膀沙沙作响……

　　我的房屋是完美的。运气很好，我找到了一个同样称心的管家——一个低声轻步的妇人……我听陶器声响的时候便很少有；关门或窗的声音我绝没听到过。呵，幸福的静默！(《春》2)

现在让我们倾听作者低声向我们吐露的哀愁：

　　清晨的微风中有树枝的沙沙声响；有出着太阳的暴风雨吹打窗子的音乐；有鸟的晨歌。近来有好几次，我醒卧着的时候，传来最早的云雀的最初的音调；这几乎使我连无安息的夜也觉得欢喜了。在这样的时候，唯一使我感触的不安，便是想到在人世的无意义的喧嚷中，我浪费了一长段的生活。这个地方年复一年都有同样的安静；比我所曾经得到的再略多一点好运，再略多一点智慧，我就可以使我的成年期享到恬静，我可以使自己在晚年回顾长期的有庭园乐趣的和平生活。按目前的实情说，我略怀着忧伤来享乐，总记着这样和谐的沉静，不过是那等待着要拥抱我们的更深的静寂的序曲罢了。(《春》23)

这是多么亲切的心声呵。

作者却是一个深解读书三昧的人，并不只是眼睛"顺着一行行心爱的书籍看过去"。我们看他用怎样的深情写道：

有天早晨我醒来，突然想到歌德和席勒的通信；我很急于要打开这本书，竟比平常早起了一点钟……这种书帮助我们忘却周围的随处都有的无聊或毒意的闲谈，并且教我们对于"有这样好人在其中的"世界怀着希望。

唉！那些永远不能再读的书籍……它们在记忆中留下一种芳香……可是我永远不会再将它们拿到手里了……或者在我躺着等待寿终的时候，有些失去的书会来到我的迷离的思想中吧，我将像对于对我有恩的朋友一样纪念它们——在路上过去的朋友。在这最后的话别中，有着怎样的惋惜呵！（《秋》2）

他是从丰富生活、美化生活的角度赞颂读书的。

约翰逊说，受教育和未受教育的人之间的区别，同死人和活人之间的区别一样大；就某种意义说，这并不是夸张……若是我心里没有许多诗歌，或不记得什么传奇，蜜对于我有什么呢？……看到蝙蝠黄昏时在我的窗前飞舞，听到道路完全黑了时的枭鸣，为什么使我快乐呢？……它们在诗人的世界中有地位，并且使我超出了无谓的现实。（《夏》19）

在我的年岁还不大能了解的时候，我听人在炉边读《纪念诗》中圣诞节的章节。今天晚上我取下那本书，很久以前的声音又向我诵读了——没有别的人的声音像这样

诵读过，这声音教我知道诗，这声音向我所说的只有善良和高贵的事。(《冬》19)

在这样"善良和高贵的事"中，下面的一段话可以作为很好的一例：

> 我一向愚蠢傲慢，常常拿一个人的智力和成就来评判他的价值。在没有逻辑的地方我看不出好，在没有学问的地方我看不出美。现在我想我们必须区分两种不同的智力，一种是属于脑的，一种是属于心的，我认为后者比前者重要得多了……我所认识的最好的人，确实不是因为智力，而是因为心肠得免于愚蠢。他们来到我面前，我看他们很无知，有很深的成见，可以有最可笑的错误推理；但是他们的脸面闪耀着至高的美德：仁慈、和蔼、谦虚、慷慨。有这些美德，他们同时也知道怎样运用它们；他们有心的智慧。
>
> 在我家里为我工作的可怜的妇人，她就是这样的一个人。(《春》16)

《四季随笔》原来想用的书名是《闲着的作家》(*The Author at Grass*)，关于它，吉辛两次给科利特 (Collet) 写信说："这本书是个奇怪的杂集，不过我想，这是我写的最好作品。""《闲着的作家》比我所写的其他作品对我都更重要。它在我心里酝酿了近十年，实际写了二年多。"他在给她的另一封信中说："就整体说，我料想这在我写过的、我多半还会写的作品中是最好的；在我的其他无益作品随着我的无益生命逝去时，这作品多半还会存在。"

《英国的随笔和随笔作家》(*The English Essay and Essayists*)作者休·沃克（Hugh Walker）评论吉辛说：

> 他的小说尽管好，但准不能使他进入第一流作家行列。但是熟悉吉辛作品的人，凭了他评论狄更斯的文章，知道他是具有不常见的见解的批评家，他们尤其从《四季随笔》知道，他是新近最好的随笔作家之一……在他的全部作品中，只有《四季随笔》是为了满足自己而写作的……《四季随笔》使他在以兰姆为首的一群随笔作家中都得到一个地位，除斯蒂文森之外，比任何其他新近作家地位更高。他是很知道时间价值的人，曾以超过人的智慧论到时间，可他不得不为金钱而写作，不能写出精华，因为他不能有那样写作心情。"时间是金钱——任何时代，任何民族所知道的谚语中，最世俗的一个这样说。但是翻转过来，你却可以得到一个宝贵的真理——金钱是时间……我不曾因为缺少使我心里和谐所需要的物质的舒服，将我的生命损失了许多天，许多天吗？金钱是时间。我用金钱买来许多钟点供我欢快地运用，要不然，这些钟点无论就怎样意义说也不算为我所有；不，它们会使我成

为它们的不幸的奴隶……"(《冬》24)

这部书提供证明：这个城市居民能够从乡村得到高度欢乐，或者是它最了不起的特点。他的描写总是美丽的，有时候很富诗意。冬季是"大自然逐年的微睡"，那柔和的光是"大自然梦中的微笑"。

吉辛的艺术定义是不坏的："人生风味之令人满意而持久的表现。"《四季随笔》的大部分魅力在于这个事实：它是艺术家性情的流露。有些知心话像兰姆的一样亲切，几乎同样令人愉快。

就是这样的魅力使《谁了解乔治·吉辛?》的作者柯克说出下面这样的话吧？

对于《四季随笔》或《新格拉布街》的读者，吉辛的书页使人有晚间谈话感，是和同时代人交换意见，是良心的声音同另一良心交谈……他是人乐于和他谈心的人……

柯克又说：

受折磨的灵魂，悲观主义的观点，令人难忘的文章风格——仅是这些不足使吉辛墓上的草常青。但是和这些一同的，还有这个事实：吉辛是一个道德家……真正的伊壁鸠鲁（Epicurus）精神浸透了吉辛：安然听命，退避野心，沉思默想的单纯快乐，君子风度的和平中庸的道德，度过尊严生活的决心……没有神的正义统治吉辛的世界；善不一定得报，恶不一定得惩；但是在吉辛的作品中隐含着这个前提：人为善，因为那是美丽的，明达的。

吉辛虽然向往伊壁鸠鲁的生活，但是他说：

> 我绝不主张我自己的目的指示一种理想，一切人追求它都是最好……对于另外一个出身和教育与我相同的人，同样艰苦的经验可以产生完全不同的影响；他可以和穷人成为一体，并终生被高贵的人道主义燃烧……（《秋》15）。

> 并不是我认为我的生活是其他什么人的模范；我所说的只是，这种生活对我好，而且在这样范围内对世界有益……有些人的心和环境完全和我不相同，他们带着快乐和有希望的精力，献身于他们眼前明白的责任……有好多敏慧的人在勇敢地生活着，任何地方可以发现的善，他们都看得到，他们不为噩兆而扫兴，并用尽全力做他们不得不做的事……他们的信仰只有一个：崇拜理智和正义……他们活着而且工作，守护着神圣希望的火。（《冬》25）

以下吉辛谈到英国人，有"气质高贵的心，勇敢，慷慨；

清楚的头脑,锐敏的眼睛;命运无论善恶都同样可以应付的精神……无论遭遇怎样的厄运和谗言,他总记住旧时在任何威吓之下,都勇往直前的那位英国人(按:指弥尔顿[11]);而且若有必要,也像他一样,认为自己的责任和职务是立住脚跟等待"。(《冬》25)。

我希望中国现代的读者更多地从这些话得到鼓舞!

李霁野

1983 年 4 月

序

亨利·赖克罗夫特（Henry Ryecroft）的名字，在所谓读者是毫不熟识的。一年前在文学刊物的死者传略中，将认为必要的记载如下记述：他出生的地方和日期，他的有些著作的书名，提到他在期刊中的作品，以及他死的情形。这在当时便已经够了。即使少数认识他，并多少了解他的人，也一定觉得他的名字无须进一步地纪念了，像其他的世人一样，他生活过，劳作过了；像其他的世人一样，他休息了。不过，审查赖克罗夫特的遗稿的责任落到我身上了，而且经我考虑，决定印行这本小书之后，我觉得必须略有点传记方面的补充，必须有点个人方面的记述，以能指明书中自我表现的意义为度。

我最初认识他的时候，赖克罗夫特已经到了四十岁，他凭

1

笔墨已经生活了二十年。他是一个挣扎的人，被贫穷和其他不利于心理工作的情况所困。他试验过许多文学形式；他没有在一样上有显著的成功；可是时而他所赚得的钱，比他实际要需用的略多，所以使他稍稍能够观光外国。他既然是一个眼光独立，并稍稍傲慢的人，自然由于失败的野心，由于许多种幻灭，由于屈服于残酷的穷困而受了许多苦；在我所说的这个时候，结果固然确实不是挫折了的精神，可是他的心和性情却受了严酷的考验，所以在普通的交往中，我们只知道他过了一种满意的、安静的生活。只在几年的友谊之后，我对于他所经历的痛苦，对于他实际的生活，才有了正确的观念。赖克罗夫特逐渐使自己就了范，做一种适当勤勉的例行工作，他写了许多受雇用的作品；他写书评，翻译，写其他文章；隔很久出一本署他名字的书。我毫不怀疑，他有摆不脱悲愤的时候；道德的和身体的过度吃力使他健康受损，也不是不常有的事；但是就全体来看，他多半像其他人一样谋生活，将逐日的劳作认为是当然的事，很少为这抱怨。

时间继续前进，许多事发生了，但是赖克罗夫特仍然是劳苦贫穷。在悒郁时他谈到精力衰退，而且常常萦绕在心里的对于将来的畏惧，显然使他吃苦。依赖人的思想一向是他受不了的；或者我从他嘴中听到的唯一的大话，便是他从来没有负过债。对残忍的环境经过这样长期艰苦的挣扎之后，他会在生活的中途成为一个失败者，是一种凄苦的念头。

更幸福的命运在等待着他。在五十岁，他的健康刚开始不支，他的精力显出衰退的时候，赖克罗夫特遇到稀有的好运气，发现自己突然从劳作中被解放，而且进入了他从来不敢梦想的，一段心里和环境都平静的生活。在一个相识（比他所想象的是更好的朋友）死去的时候，这个疲于奔命的著作家惊讶地得知：赠了他每年三百镑的终身年金。只要维持他自己的生活（他鳏居了好几年了，一个独生的女儿已经出了嫁），赖克罗夫特这入款算超出了小康了。在几个星期中，他便离开了他近年所住的伦敦近郊，搬到他所喜爱的英格兰的区域，立刻在埃克塞特附近一所小屋里住下了，有一个乡下的管家照料他，不久他便完全安之若素了。时而有朋友到德文[12]去看他；那在半荒的园子中间的朴素小屋，那有从埃克塞（Exe）河谷看望到霍尔登山（Haldon）的美景的幽静书房，主人诚恳欢快的殷勤招待，同他在小径和草场上的散步，在乡间的夜的静寂中的长谈，有去看他的快乐的人，对这些都不会忘记。我们希望这会继续许多年；也确实仿佛赖克罗夫特只需要休息和安静，便可变成健康的人了。但是他自己虽然不知道，他已经患心脏病了，这在他过了五年略多的安静满意的生活之后，使他突然寿终了。他一向愿意突然死去；他怕想到病，主要因为病给予别人的麻烦。在一个夏季的黄昏，在很热的天气散步了很长时间之后，他在书房的沙发上躺下，并且在那里——像他的脸面所表示——从微睡进入广大的沉默中了。

离开伦敦的时候，赖克罗夫特向著作事业告了别。他告诉我说，他希望再不写一行文字发表了。但是，在他死后我所看到的遗稿中，我遇到三本手稿，初看来似乎是日记，其中一本第一页上的日期，表明作者在德文住下不久之后便开始了。我将这些页手稿略读一点的时候，看出它们并不仅是逐日生活的记载；显然觉得自己不能完全不用笔，这老作家便随兴所至写下了一种思想，一个回忆，一段幻想，一篇心境的描写，等等，仅写上写这些段文字的月份。坐在我常在那里陪伴他的屋里，我一页一页地翻读，有时候仿佛我的朋友的声音又向我说话了一样。我看到他衰老的脸，有时庄严，有时微笑着；回想起他的惯有的姿态或手势。但是在这写下的闲谈中，比较在我们过去的谈话中，他更亲切地显露出他自己。赖克罗夫特绝没有犯过饶舌的错误；他倾向温和的认可，畏避辩论和武断，在一个受苦很多的敏感的人，是自然的。在这里他并无约束地同我说话，在我全部读完了的时候，我比以前对他更为了解了。

当然这写作并不是有意要发表的，可是，在许多段落中我似乎觉出了文学的目的——超出舞文弄墨等等以外的东西，从长期的习惯得来的。特别是他的有些回忆，若不是怀着（无论怎样不明确）应用的心思，赖克罗夫特不会烦神去写下来的。我猜想，在他快乐的闲暇中，他渐渐有了再写一本书的欲望，一本只为使自己满足而写作的书。显然这会成为他可以写出的最好的著作。但是他似乎从没有试将这些断片加以整编，大概因为他不能决定它们所应采取的形式。我想象他不敢想到一本第一人称的书；他会觉得这太骄矜了；他要使自己等待到智慧更成熟的日子，所以他又放下笔来了。

这样猜想着，我说不定这个不规则的日记是否比初看来有更宽广的兴趣。对于我，它的个人的兴味是很浓厚的。从这里择取内容成为一小卷书，至少为了真诚的缘故，对于不仅用眼，却也用心来阅读的读者不无价值——难道是不可能的吗？我又将手稿重新翻过。这里有一个人，他达到了他的欲望，很中庸的欲望之后，不仅觉得满足，却也享受了很大的幸福。他谈论许多不同的事物，确切地说出他的思想；他说到自己，而且在世人能够做到的范围之内，说了实话。我觉得这作品有人类的兴趣。我决定印行。

编列的问题是要考虑的；我不愿用粗劣的杂集问世。给每个不连接的段落加上题目，或甚至在分类题目之下将它们编组，也会妨碍它们的自然流露，而这却是我最愿保存的。

将我所选出的材料读一遍，大自然的各方面怎样被常常提及，许多思想对于所题的月份多么适合，很引我注意。我知道赖克罗夫特一向很受天空的情景、年月的运行影响。所以我突然起了一念，将这部小书分成四章，以四季命名。像一切分类一样，它是不完全的，但也就够用了。

G. G.

目 录

1 春
53 夏
107 秋
155 冬

205 注释
215 译者后记

一

春

1

我的笔放在那里没有动已经一个多星期了。我整整七天没有写东西了,甚至连一封信也没有写。除了一两次生病以外,这样的事在我以前的生活中从来没有发生过。我的生活呀,是不得不用焦心的劳作来维持的生活;我的生活不是为生而生,像一切生活应当成为的样子,却是受恐惧鞭策着的。赚钱应当是达到一种目的的手段。在三十多年时光中——我十六岁便开始维持自己的生活——我不得不把赚钱就看为目的。

我可以想象到,我的旧笔杆对我觉得有责难的意思。它没有好好为我服务吗?为什么我在幸福的时候,让它在那里受冷落,聚起尘土来呢?这同一笔杆一天一天靠着我的食指,一共有——多少年?至少二十年;我记得是在托特纳姆路(Tottenham Court Road）一家铺子里买的。我在那一天同时也买了一个镇纸，费了我整整一先令——在那时是使我颤抖的浪费。笔杆那时候是新漆的发着光，现在已经全体成了无漆的棕色木质的了。它已经在我的食指上磨成了僵皮。

旧伴侣，可也是老仇人！有多少次我憎恶着非拿它不可，头和心都是重沉沉的，眼睛昏花迷乱，手颤抖着，将它拿起来呵！我必须用墨水沾污的白纸，我是多么害怕呵！尤其像现在这样的天气：春天的碧眼从玫瑰色云彩中欢笑，阳光在我的桌子上闪烁，使我渴想，几乎发疯般渴想，那花开到处的大地的芳香，山旁落叶松的碧绿，和高地上云雀的歌唱。有一个时候——这似乎比童年还渺远——我热切地拿起笔来；若是我的手颤抖，那是为了希望的缘故。但它是愚弄了我的希望，因为我的著作没有一页值得活着。现在我可以说这一句话毫无悲苦了。这是青年时期的错误，只有环境的力量使它拖长。人世对于我并没有什么不公平；谢天，我已经学了乖，不为这去嘲骂人世了！著作的人，即使他写了不朽的作品，为什么对人世冷落怀愤呢？谁请他将著作问世？谁应允听他了呢？谁对他失了信呢？若是我的鞋匠替我做了一双很好的鞋，我一时不讲情理，将鞋扔还给他，他有正当的理由抱怨。但是你的诗，你的小说，谁向你订购了呢？若是你的作品是诚实的雇佣的著作，可是没有买主，你最多可以自称是一个不幸的工匠罢了。若是你的作品是受上天的灵感，那你怎么好意思为得不到现金的报酬，便发恼怒呢？对于人心所产生的作品，有一种评判的标准,唯一的标准——后代的评断,若是你著了一本伟大的书,后世将会知道。不过你是不关心身后荣耀的。你要在舒服的安乐椅上享名。哈,这便完全是另外一回事了!鼓起勇气来要求满足你的欲望。承认你自己是一个商人,向神和人力说,你所出卖的货品,比许多售价很高的货品货色更好。你也许是对的,时髦不趋向你的货摊,对你确是苦事。

2

这间屋子的绝妙的安静!我完全无所事事地坐着,观望着天空,看着地毯上黄金色日光的形式,随着时光一分分过去而变化,我的眼睛顺着一张张装框的版画,顺着一行行心爱的书籍看过去。屋里没有任何东西活动。在花园里我可以听到鸟雀歌唱,我可以听到它们的翅膀沙沙作响。若是我高兴,我可以这样终天坐着,并坐到更为安静的夜晚。

我的房屋是完美的。运气很好,我找到了一个同样称心的管家——一个低声轻步的妇人,已经到了知道慎重的年岁,强健敏捷得足可以做我需要她做的一切事,又不怕寂寞。她起得很早。到吃早饭的时候,除做饭之外,屋里已经没有许多事可做了。我听陶器声响的时候便很少有;关门或窗的声音我绝没听到过。呵,幸福的静默!

绝不会有人来拜访我,我拜访别人更是没有梦想到的事。

我有一封给朋友的信要写；或者我在睡前着笔；或者我等到明早。友谊的书信除了在兴致鼓动着的时候，是绝对不应当写的。我还没有看报纸，我总等到散步疲倦了回来之后才看；这时候看看热闹的人世在做些什么，看看人们发现了什么新的自寻苦恼的方法，什么新的无益劳作，什么新的危险和斗争的机会，倒是可以开心的。我舍不得将清早精神勃勃的朝气费在这样可伤的糊涂事情上。

我的房屋是完满的，大得刚可以使家庭的环境有条有理；四壁间的空地刚富余到好处，要没有这点空地，人便不能自在了。建筑是很结实的；灰泥和木工都表示出比现代更悠闲、更诚实的时代。楼梯不在我的脚下吱轧作响；我不被无情的穿堂风暗袭；我可以开关窗子不至于筋肉疼痛。至于壁纸的颜色和花样这类小事，我承认我是漠不关心的；墙只要不刺目，我便满意了。家的第一要件是舒服；若是人有钱，有耐心和眼光，美的细节可以以后增补。

在我看来，这间小小的书房是美丽的，主要因为它是家。在大半生中我是没有家的。我曾经住过的许多地方，有些我心里憎恶，有些很使我欢喜；但是直到现在都没有组成家的要素：安稳感。我随时可以被驱运，被呶呶不休的必然驱逐走。这些时候我在自己心里说：有一天我或者将有一个家；可是在生活继续过下去的时候，"或者"的成分越来越重，在命运私自向我微笑的时刻，我几乎把这希望都放弃了。我终于有了我的家了。我将一册新书放到架上的时候，我说：在我眼睛有暇看你时站在那里罢；一阵快乐的战栗使我颤动。这所房屋在二十年租期内为我所有。我一定不会活得这么久；不过，即使我能活这样久，我也有钱来付我的房租和购买我的食物了。

永远不会有这样太阳为他们升起的不幸者，我怀着怜悯的心想到他们。我愿在祈祷文上加一条新的请求："为一切大城市的居民，尤其为居住在公寓、寄宿舍、层楼，或其他代替家的卑陋处所（因为必需或糊涂而想出来的）的人。"

我白白思索了斯多亚派[13]的美德。我知道，为这个小小地球上面一个人的小小住处烦恼，是一件糊涂事。

> 上天的眼睛所访问的地方，
> 对于聪明人都是乐土良港。[14]

但是我一向对智慧敬而远之。在哲学家的声调铿锵的句子中，在诗人的黄金的韵律中，我觉得智慧在一切东西中是最可爱的。但是它永远不会为我所有。假装着具有我达不到的美德，对于我有什么用处？对于我，住居的地方和方式是至关重要的；明白说出，便完了事。我不是四海为家的人。若是要我想我将死在英格兰以外的地方，这思想我觉得会是可怕的。在英格兰，这是我选定的住处，这是我的家。

3

我不是植物学家,但是我老早就觉得收集草木植物是一种快乐。我欢喜遇到一种我不认识的植物,借着书的帮助认识它,下一次它在我的路旁闪耀时叫它的名字。若是这种植物是稀有的,它的发现会给我快乐。伟大的艺术家——大自然,在众目睽睽下创造普通的花;即使我们说是最普通的野草,人类的语言中也没有字可以表现它的奇妙和可爱,但是这些是在每个过路人的眼前创造的。稀奇的花是在隐秘的地方,艺术家用更微妙的心情,另行创造的;发现它,使人感觉到入了更神圣的境界的快乐。就是在欢喜中,我也觉到敬畏。

今天我走得很远,走完路时我发现了小小的白花车叶草。它生在年轻的榉树丛中。看了很久的花之后,我拿周围细长的树的美供自己享乐——树光滑平润,颜色像橄榄一样。紧靠根前有一丛山榆;它的生癣的皮,仿佛用一种不识的文字描出轮廓,使得年轻的榉树显得更为美丽了。

我无论漫游好久,都没有关系。没有工作使我回去;我流连到无论怎样迟,也没有人烦恼和不安。春天在这些小径和草场上闪耀,我觉得仿佛眼前每一条蜿蜒的小路我都得要走。春天将久已忘怀的青春的力为我恢复了一些;我走路并不疲倦;我像孩子一样向自己歌唱,所唱的歌便是我幼年所学。

这使我想起来一件小事。靠近一个小村,在树旁一个荒僻的地方,我遇到一个年约十岁的孩子,他用两只胳膊抱着头,靠着树身,悲惨地哭泣着。我问他是怎么一回事,略费了一点麻烦之后——他比普通乡下孩子要好些——我知道了他被派拿六便士出来还债,将钱丢掉了。这个可怜孩子的心境,在一个庄严的人会被称为绝望的痛苦;他一定哭了很久了;他脸上每一根筋都仿佛在受苦刑一样颤抖,他的四肢摇动;他的眼睛,他的声音所表示的苦痛,只有最坏的罪人才应该受到。这就是因为他丢掉了六便士!

我原可以和他一同流泪——怜悯的眼泪,愤怒的眼泪,为这种现象所暗示的一切。在光辉无法形容的一天,在天地向人的灵魂降福的时候,一个天性本应使他感到童年所仅有的快乐的孩子,却因为手里丢了六便士,哭得心碎!这个损失是很严重的,他也知道;他怕见父母伤心,倒不如想到他对他们的损害,更为使他被悲苦所制服。"在路旁丢了六个便士,使得全家不幸!"能够发生这样事情的"文明"情况,有什么适当名词可以形容?我将手放进口袋,做出六便士的奇迹。

费了半点钟我才恢复了安静的心。对于人的愚昧愤怒,和希望他糊涂得稍好,终归是一样无用。在我,我的六便士的奇迹是大事。我知道有一个时候我完全做不到这件事,不然就要我牺牲一顿饭不吃。因此,我还是高兴感谢吧。

4

在我的生活中有一个时期,若是我突然居于我现在所享受的地位,良心会暗中使我难过。怎么？足够维持三四个劳动阶级家庭的入款——完全自己独住的一所房屋——无论向什么地方转身都是美丽的东西——而且为这一切绝对不要做什么事！我会觉得很难替自己辩护。在那时候我时时有动于衷地被提醒：茫茫的大众要怎样挣扎才对付着能生活呵！没有人比我更知道：用多么少的东西，就足以维持生命。我曾经在街上受过饿；我曾经在最贫穷的收容所里睡过觉；我知道对于"特权阶级"的嫉妒愤怒使我心里燃烧是怎样的感觉；是呀，但是在那时候我自己便是"特权阶级"的一分子，现在我可以接受在他们间有一个被承认的地位，一点也不自责了。

这并不是说，我的更大的同情变钝了。到某些地方去，看看某些情形，我可以最有效地将生活给予我的安宁毁灭掉。若是我孤立着，故意不向那面看，那是因为我相信：人世多一个居民，过适于文明人的生活，人世便可以更好，而不会更坏。受心灵鼓励的人，让他去攻击世事的不平，去无情叫嚷吧；让有那种天职的人去战斗吧。我若这样，便违背了天性的指导了。若是我知道一点事情的话，我知道我天生是过宁静和沉思生活的人。我知道只有这样，我所有的长处才可以有活动的余地。半世纪以上的生活教给我：使世间变黑暗的错误和愚蠢，多半是不能使自己心灵安静的人所酿成；救人类不至灭亡的好事，多半从在深思沉静中度过的生活得来。人世一天天越来越吵闹；我个人不愿在增长的嚣嚷中加上一份，就凭了我的沉默，我也给了一切人一种好处。

若是发给年金，使五分之一的人口都可以像我一样过生活，一个国家的入款会用得多么得法呵。

5

"先生，"约翰逊[15]说，"一切用来证明贫穷不是灾害的辩论，适足以指明贫穷显然是一种灾害。你绝找不到人费力气来使你相信，人可以用很多财产过很快乐的生活。"

那位耿直的富于常识的大师，他了解所谈论的事。贫穷自然是相对的事情。这两个字尤其和一个人的智力标准相关。若是我相信报纸，英格兰有些有爵位的男女，他们若是一个星期有二十五先令固定的入款，便没有权利说自己贫穷，因为他们的智识的需要，和马夫同厨役相等。给我同样的入款，我可以生活，但是我确实贫穷。

你告诉我说，金钱不能够买最珍贵的东西。你的老生常谈证明缺钱的事你从来不知道。想到因为我一年缺少几镑钱，在我生活中所引起的悲哀和空虚，我真惊骇金钱的重要。由于贫穷，我失去了怎样亲切的快乐——这些单纯的幸福，每个人的心都有权利要求！和我所爱的人相见，一年一年地成为不可能；有些事情是我愿做的，若有一点钱帮助我，我原也可以做到，可是毫无力做，因而引起了忧伤、误会，不，甚至残酷的生疏；无数家常的快乐和舒服，因为钱少俭缩或根绝了。我仅只因为处境的艰难失去了朋友；我原可以结交的朋友，对我依然陌生；悲苦的寂寞，心灵渴望友谊时强加于我的寂寞，常常对我的生活作祟，只是因为我贫穷。我想，要说没有一种道德的善良不要用金钱做代价，不大能算是过火话。

"贫穷，"约翰逊又说，"是一大灾害，充满许多的诱惑，许多的不幸，我不能不恳切地请你避免它。"

我用不着别人教训我努力避免贫穷。我怎样和这位不受欢迎的同房挣扎，许多伦敦的楼顶间都知道。我惊异它竟并没有一直和我同住到底。这是自然界的一种不一贯，有时使我在睡眠中断的夜里渺茫地觉得不安。

6

我能希望再看几个春天呢？乐观的性情会说十个或十二个；我姑且大胆谦卑地希望五六个春天吧。这已经很多了。五六个春季，快乐地受欢迎，眷爱地从初发的白屈菜观察到玫瑰的放苞；谁敢说这是吝啬的恩惠？大地重着绿衣的奇迹，口舌还未能形容的可爱与光彩的异象，五六次放在我的眼前供观览。想起来不免怕我要求得太多。

7

"人是爱抱怨的动物，总爱想着自己的苦恼。"我惊讶不知道这话的出处。我有一次在夏隆[16]的著作中发现它，引用没有注明出处，以后便常常留在我的心头——是可悲的真理，措辞是很好的。至少在许多年中对于我是一个真理。我想若不是为了自我怜悯的奢侈，生活常常是不可耐的；在无数的情形中，这一定救了许多人不自杀。有些人爱谈自己的不幸，在其中得到很大的宽慰，但是将不幸默然含蓄在心里那样深刻的慰藉，这种闲谈中却没有。我幸而在这方面从来没有追溯既往的癖；实在的，即使是关于目前的痛苦，这也绝不是一种根深蒂固的习惯，至于变成制服住我的恶习。我对这屈服的时候，我知道自己的弱点；这给我安慰时，我轻视自己，我能轻视地欢笑，甚至"于逆流之来，处之泰然"。现在谢谢统治着我们的未知力，我的过去已经将尸骸埋葬了。还不仅这样：我所经历过的一切，我都能清醒地欣然承认它的必要了。过去如此，就让它如此。大自然为这形成我；怀着什么目的，我永远不会知道；但是在永恒事物的连续中，这是我的地位。

若是像我一向总害怕的样子，我的余年在无办法的贫穷中度过，我能得到这样多的哲理吗？我不会陷入怨天尤人的自我哀怜的深渊，匍匐在那里，眼睛固执地躲避上天的光辉吗？

8

在快乐的德文，春天的早临使我心里欢喜。在英格兰的有些部分，樱草在含威胁而不含安慰的天空下颤抖，我怀着凄凉的不快想到这些地方。穿着雪衣，长着霜须的诚实的冬天，我能够诚恳地欢迎；但是日历使人期待的事情久不实现，三月和四月的啜泣的阴郁，凌辱了五月的荣誉的暴风——多么常常使我丧气绝望呵。在这里，我还没有刚刚使自己相信最后的树叶落掉了；我还没有观望霜在冬青上闪耀，便有从西吹来的风使我震惊地预感到：花就要发芽开放了。就是在那有灰色浪云的天空，表示二月还统治着人间的时候——

> 和风摇动着接骨木丛，
> 漫游的牧人知道
> 山楂花快要开放了。[17]

我在想我早年在伦敦的时候，那时四季在我头上过去，并不被我察觉，那时我就不大转眼看望天空，而且在无边街道的幽禁中，也不觉得难受。六七年中我没有看过草场，甚至没有走到过周围有树的近郊，现在回想起来真是奇怪。我在为宝贵的生命战斗；在多数的日子中，我都不能觉得有把握，一星期我可以有食有住。当然，在炎热的八月的中午，有时候我的思想会向往海上；但是这种欲望是绝不能满足的，所以也绝没有使我很不安过。有时候，实在我仿佛几乎忘记人们还走开去度假日。在我所住的城市的穷苦区域，各季没有什么觉得到的差别；那里没有装满行李的马车，使我想到快乐的旅行；我周围的人逐日如常去工作，我也是这样子。我记得困倦的午后，这时书是令人厌烦的，从睡沉沉的脑子里挤不出什么思想来；我便到公园里去，得到休息，却没有快乐的变化的感觉。天呵，在这些时日我是怎样劳作呵！可是我绝不想我自己是受怜悯的对象！这是以后的事，那时我的健康因为过度的劳作，恶劣的空气，恶劣的食物，和许多的不幸，开始受了损害了；于是发生了要到乡间和海滨的令人发疯的欲望——并渴望其他更为渺茫的事。但是在我工作最劳苦，受着我现在看来是可怕的贫乏的那些年中，实在也不能说我吃了苦。我没有吃苦，因为我没有软弱的感觉。我的健康可以抵挡一切，我的精力抗拒一切环境的恶意。无论鼓励怎样少，我总有无限的希望。沉熟的睡眠（睡的地方往往是我现在怕去想的）使我每天早晨精神一新去应战，有时我的早餐不过是一片面包，一杯水。按人类的幸福说，我说不定那时不算幸福。

多半在青春时代经过一段难苦生活的人，都被友谊所支持。伦敦没有（巴黎）拉丁区，但是文学上饥饿的新人，总都有他们合适的同伴——那些托特纳姆路区域和无救的切尔西（Chelsea）楼顶间的住客；他们过着他们的小小的文士生活，自觉地引以自豪。我处境的特别使我不属于任何一群；我退避偶然的相识，而且在这些可怕的年月中，我只有一个交谈的朋友。我不求恩惠，也同样轻视忠告；除了出自我自己心和脑子的意见，我不愿听从。不止一次我迫于必需向陌生人请求挣饭吃的方法，在我一切的经验中，这是最为惨苦的；但是我想，倘若向一个朋友或同伴举债，我会觉得更坏了。实情是，我从没有学着认自己是"社会的一员"。在我，人世和自己总是两件事，二者间的常态关系是敌对的。我岂还不是一个孤独的人，和以前一样不成为社会关系的一部分吗？

这一件我有一时轻慢地引以自豪的事，在我现在看来若不是一件不幸，也是我若重新过我的生活时，不愿选择的事情了。

9

在六年多的时期中，我总走的是铺平的道路，一次也没有在地母身上走过——因为公园也不过是蒙上一层草的铺道罢了。以后最坏的情形过去了。我说最坏的吗？不，不；坏得多的东西还在以后；挣扎着不饿死，在一个人年轻力壮的时候，还有他的欢快面。不过无论怎样，我已经开始谋生了；我一次有了半年衣食的把握；若是健康，我可以希望在多年中得到还不算不够的工资。这是独立工作的工资，什么时候和什么地方都听凭我自己的意思。想到公事房的生活，有一个雇主要服从，我便恐怖。著作事业的荣耀在它的自由和尊严！

当然，事实上我所服侍的不是一个主人，却是一群。独立，的确是！若是我的著作不能使编辑、出版家和读众欢喜，我向什么地方去弄我每天的面包？我的成功越大，我的雇主越多。我是一大群人的奴隶。凭了上天的恩惠，我使有些人（他们代表模糊不明的群众）喜欢，这就是说，我为他们开了一个利源。暂时他们对我很怀好意；但是有什么使我可以有理由相信，我已经得到的地位我可以保持？有什么劳作人的地位能比我的更危险吗？我现在想着的时候颤抖，像看人漫不经心在深渊边上行走一样颤抖。回想起在长长的二十年中，这支笔和一片纸竟能使我和家庭有衣有食，使我有物质的舒服，使一个除了右手之外没有其他办法的人，抵挡得住进攻他的世间的一切敌对力量，我不免惊异。

但是我在想着我第一次走出伦敦的那一年。凭了一种抵抗不了的冲动，我突然决心到德文去，英格兰的这一部分我一向没有到过。三月底我逃开我可怕的住处，还没有时间细想我所做的事，我已经发现自己坐在阳光中，离我现在所住的地方很近——我的面前是逐渐宽起来的埃克塞河的碧绿的河槽，和上面有松树掩荫的霍尔登山。我尝味到美妙的快乐，在我的生活中这也是第一次。我的心境是很奇怪的。虽然在少年和青年时代我对乡间都很熟悉,英格兰的美景看过许多,我却仿佛第一次到了自然风景前面一样。在伦敦的这些年使我早年的生活全朦胧了;我好像是一个生长在城市的人,除了街市的景色之外,几乎毫无所知。阳光空气对于我仿佛有种超自然的成分在——实在的,仅比以后意大利的空气对我的影响稍差。是灿烂的春日的天气,少数的白云在碧蓝中间飘浮,大地有令人沉醉的芳香。这是我第一次知道我自己是太阳的崇拜者。怎么我活了这样久,竟没有问过天空里是否有太阳?在那豁朗的苍穹下面,我可以跪下来膜拜。我行走的时候,发现自己连每一长条的阴影都躲开,即使是一棵赤杨树干的阴影,我也觉得它仿佛剥夺了我的白日的快乐。我光着头行走,使黄金色的光可以在我身上降下慷慨的祝福。那一天我总走了有三十英里[18]的路,不过我并不知道疲劳。那时支持着我的力量,我但愿能够再有!

我走进了新的生活。在过去的我,和现在变成的我之间,有一种很显著的差别。在一天之内,我可惊地成熟了;这意义无疑的是这样:以前我不知道在暗中发展着的力量和感觉,我突然欢快地意识到了。只举一点作例:这以前我不大关心植物和花,但是现在我对于每朵花,每种路旁的植物,都感到很深的兴趣。我边走边收集了许多植物,自己约定第二天买一本书,把它们的名字完全查对出来。这也并不是一时的高兴;以后我永远欢喜田野间的花;并想完全认识。在我所说的这时候我的无知，我现在觉得是很可羞的；不过我这样却是乡下和城市居民的常情。春季从树篱下面随意采摘半打植物，有多少人能说出它们的通俗的名字？对于我，花象征着一大解放，一大觉醒。我的眼睛突然睁开了；这以前我在暗中行走，可是并不知道。

那年春季的漫游我很记得。我的住处在埃克塞特靠外的一条街上，这里乡村的风味胜过城市，我每早出去寻求新的发现。天气不能够再温和了；我所觉到的天气的影响，是我以前没有过的经验。空气中有种芳香，使我高兴，也同样地安慰我。有时向内，有时近海，我顺着埃克塞河蜿蜒的河道走。有一天我在温暖肥沃的山谷里，顺着花正盛开的果园漫步，从一家田舍走到另一家田舍，一个美过一个，从一个小村走到另一个小村，每一个都被苍郁的冬青树的深荫笼罩；第二天我登上满生松树的高峰，从去年的石南使得发褐色的泽地上向远处凝望，脸上觉到从泛着白色波纹的英法海峡吹来的风。在我周围美丽的世界中我快乐到这样的极度：我连自己都忘记了；我只是享受，并不前瞻后顾；我这个彻底的自我主义者，忘记细细考察自己的情绪，也不和别人的更好幸运比较，来扰乱自己的幸福了。这是一个健康的时期；这给我一个延长寿命的机会，而且在我可以受教的范围之内，教导我怎样利用它。

10

在身心两方面，我一定都比我的年岁老得多。在五十三岁的时候，一个人不应常常想着他的失去的青春。我应当不计其他尽自享受的春日，却使我转到回忆上面，而我的回忆又都属于失去的春天。

有一天我要到伦敦去，重访我最穷的时候所住的一切地方。我有二十五年左右不见它们了。不久以前，若有人问我关于这些回忆有怎样的感想，我会说道：有些街道的名字，有些穷僻伦敦的心影，一到我的眼前便使我悲惨；但是实际上，回顾艰苦污秽的事物使我感到凄苦，已经是很久以前的事情了。现在将回顾的情形和应有的情形比较，固然很为不幸，可是我觉得回顾那部分生活却是有趣的，愉快的——比以后我过着体面生活，有足够的食物可吃，要有趣愉快得多。有一天我要到伦敦去，在那亲爱的旧时的可怕环境中过一天的生活。有些地方我知道已经没有了。我现在看到一条蜿蜒的道路，以前我顺着这条路从牛津街（Oxford Street），在托特纳姆路的末端，走到莱斯特广场（Leicester Square），在这条曲折路径的某处（我总觉得它是有雾的，点着煤气灯），有一家店，窗子里面有包馅的点心和布丁，钻眼的铁器露出蒸汽保着的热点心和布丁。有多少次我饿得慌站在那里，连一便士的食物也不能买呵！店和街早都没有了；有谁像我这样动情地记得它们吗？不过我想我常去的地方多半还存在。再走那些铺道，再看那些脏的门面，暗的窗子，会奇怪地感动我吧。

我看到那隐藏在托特纳姆路西边的小巷，在那里，我在最上层后面的一间卧室住过之后，不得不住前面的地下室；若是我记得不错，一星期相差六便士，在那时候，六便士是很大的考虑——可以吃两顿饭呵！（我有一次在街上发现了六便士，高兴得我在此刻还活龙活现地记在心头）前面的地下室地是石头的；家具有一张桌，一张椅，一个洗脸架，一张床；安上以后当然便没有拭过的窗子，从上面走道的平格子得到光线。我在这里生活；我在这里写作。是的，"文学的作品"是在那张肮脏的松木桌那里写出来的，顺便提一下，桌上放着我的荷马，我的莎士比亚和我那时所有的其他少数几本书。夜里我躺在床上的时候，常常听到一队警察的脚步声，他们顺走道走着去换岗；他们沉重的脚步有时在我窗子上面的格子上作响。我记起在大英博物馆一件可悲可笑的生活上的小事。有一次下去到厕所洗手的时候，我觉出在一排水盆上面有一张新贴起来的通告。大意是这样的："请阅览人注意水盆仅供偶一浣洗之用。"哦，这个通告的含义！我自己岂不是不止一次，乐于用这里的水和肥皂，分量比当事者意想到的要多吗？还有在这大圆顶下工作的可怜人们，在这方面的需要比我还大呢。我对这通告由衷地一笑。但是这里的含义很多。

有几个住处我完全忘记了。为这样那样的原因，我总常常搬动——我的所有东西都在一只箱子之内,这是一件容易事。有的时候同住的人教人受不了。在那时候,我并不是爱挑剔的,我和同住一所房子的人接触也少极了,但是偶然人的接近使我受不了,我不得不走开。有时我不得不从传染病的景况中逃走。我总是吃得很坏,总是工作过度,在有些这样的地方,我怎么竟逃开了致命的疾病,实在是一个大谜。我所遭遇最坏的事,只是一场很轻的白喉——我料想是因为楼梯下有一个土箱的关系。我向女房东谈到这事的时候,她一上来就惊讶,接着愤怒,终于用许多侮辱将我送走。

不过,就全体论,除了我的贫穷之外,我没有什么大可抱怨的事。一星期用四先令六便士,你不能希望在伦敦很舒服——在颇为刻苦的学习期,我最多只能付出这点钱来住一间"有人伺候的带家具的房屋"。我是容易满足的;我只需要用墙围起来的一点空间,使我可以隐蔽起自己,不受外面的烦扰。文明生活中的有些舒服,我甚至都不以欠缺为憾事了;梯毡我认为是有些浪费,屋里的地毡是我没有梦想过的奢侈。我的睡眠是沉熟的;我夜间在上面无梦安眠的床,现在我光是看一看骨头便会发痛。可以锁的门,冬季的火,一烟斗烟草——这些是重要的东西;有了这些,就是在最简陋的楼顶间,我往往也可以很满意了。我常常记起这样一个住处:在伊斯林顿(Islington)离城区路(City Road)不远;我的窗子对着摄政王运河(Regent's Canal)。我一想到这个住处,我便记起在我的经验中或许是伦敦最坏的雾了;至少连续三天,我的灯必须点着;我从窗子向外看的时候,有时见到运河那面的街上,有少数朦胧的光亮,但是多半只看到微黄的黑暗,这使得玻璃映出火光和我自己的脸。我觉得不幸吗?一点也不。周围的幽暗仿佛只使我的炉边更为舒适罢了。我有充分的煤、油、烟草;我有一本书可读;我有使我感兴趣的工作;所以我只出去到城区路的一家咖啡店去吃饭,又连忙回到炉边。哦,我的野心,我的希望!我要知道有什么人可怜我,我会觉得多么惊讶愤怒呵!

大自然往往复仇。冬季我有很厉害的喉头炎,有时附带犯长时的,很凶的头痛。请医生当然是我心里从没有想到过的;我只是锁起门来,若是果真觉得很坏了,便上床——躺在那里不吃不喝,直到我能再照料自己的时候。我们合同以外的东西,我从来不能开口向女房东要,只有一两次我接受人自动的帮助。青年所能忍受的一切,想起来真是可惊!我记起三十年前的时候,我现在自觉是一个多么可怜的弱者呵!

11

那种楼顶间和地下室的生活,我愿再过一次吗?在这以后有五十年我现在所享受的满足,我也是不愿的!因为人有无限凄惨的听天由命的力量,我们只从较好的方面来看事情,将最坏的方面完全忘记了,造成了绝对乐观者的议论。但是精力,热诚和青春的浪费！在另一种心情中，对于稀有的生命力命定要从事卑鄙的挣扎这种现象，我可以流泪。这种现象的可怜！而且，我们的良心若是有一点意义的话，这种凄惨的不公！

不用寻求乌托邦，就想想一个人的青春可以成为怎样！在十七岁到二十七岁之间，愉快的努力和天然快乐的可能性，我料想一千人中未必有一个利用过一半，几乎一切人所回顾的初期生活，都是被必须、意外和荒唐闹得变形失色了。若是一个青年人避免较重大的陷阱，若是他使眼睛固定地看着所谓主要的机会，若是没有极恶的自私，他小心谨慎使一切利益都附于自己的利益（"利益"只指物质的好处），他便是利用了他的青春，他便是一个模范，一个可以骄傲的人了。我怀疑在我们的文明中，少年人面对着人生，是否有其他的理想容易追逐。这是唯一完全平安的途径。但是拿这和可以有的情形比一比，若是人们敬重人性，若是人类的理智为人类的幸福服务。只有少数人所回顾的少年时代，是有天然快乐的，在这以后有十来年时间，将美妙的精力正当地加以运用，其中或许夹杂着很微妙的快乐的回忆，使一生的生活都和谐了；这种人像诗人一样稀少。多数人一点也不想他们的青春，或者即使回顾，也不知道失去的机会，也觉不到所受的堕落。只有和这种愚蠢的大众相对照，我可以拿我的忍耐斗争的青春自傲。我前面有一个目标，不是普通人的目标。即使被饥饿折磨的时候，我也没有放弃我的目的，精神的目的。但是拿陋巷中居住的受饿少年，和我们意想中的聪明热诚的青年相对照，我们觉得一剂很快生效的毒药，是这种龌龊罪恶的正当救济。

12

我一看我的书架的时候，便想到兰姆[19]的《褴褛的老将》（*ragged veterans*）。我的书并不完全从旧书摊得来；有许多是新书皮，颇整洁的；有几本到我手里的时候，甚至是堂皇有香味的装订。但是我常常搬家，每次换地方我的少数藏书都受了粗鲁的处置，而且说实话，我在平常的时候对它们照料得这样少（因为在实际事务上我都是懒惰无能的），就是我的最体面的书，也显不出规矩使用的结果了。有好几本书因为一根大钉钉进了装箱受了很坏的损伤——这不过是它们受损害的极端例子。现在我有闲暇，心里平静，我觉得自己比较细心了——这可以证明一大真理：环境使美德容易。但是我承认：只要一本书不散，我不大烦心它的外表。

我知道有些人，他们总爱读图书馆的藏书，和自己书架上的书一样。这在我是不解的。就一端说，我凭气味知道我的每一本书，而且我只消将鼻子放在书页中间，便可以回想起各种的事。例如我的吉本，是装订很好的米尔曼八卷[20]，我一读再读了三十多年的时间——我一打开它时，那高贵的书页的气味，便将我做奖品接受它时的欢跃的快乐，完全为我恢复。再有我的莎士比亚，剑桥版莎士比亚——它的气味使我追想更远的生活；因为这些卷书是我父亲的，在我的年岁还不够明白阅读的时期，常常作为优待，允许我从架上拿下一本，敬重地去掀书页。书的气味完全和旧时一样，我将其中的一本拿在手里的时候，感到多么奇异的温存呵。为这缘故，我不常读这个版本的莎士比亚，因为我的眼睛和以前一样好，我便拿起"地球丛书"的本子来，我买这一本书的时候，可说是颇为出常的浪费；因此我看这本书怀着由牺牲而产生的特殊亲切感。

牺牲——不是就客厅的意义来解释的。我买来几十册书所用的钱，原应费在所谓生活必需品上面。我多次站在书摊或书店的窗子的前面，为知识的欲望和身体的需要二者间的冲突所苦。正在要吃午饭，胃口索要食物的时候，我被久已渴望的一本书吸引住了，书价标的很相宜，我不能把它放过；但是要买便得受饿。我的海尼的《提布卢斯诗集》[21]，便是在这种时候抓到的。它放在古德格街（Goodge Street）一家旧书铺的摊上——在这个摊子偶然可以从一堆废物中找出很好的东西。书价是六便士——六便士！那时候我常在牛津街一家咖啡店吃中饭（当然是我最重要的一餐），这是真正的老咖啡店，现在我料想是不大会找到这样的了。我只有六便士——是的，这是我所有的一切；这可以买一盘肉和蔬菜。第二天我应得到一点小款，但是我不敢希望《提布卢斯诗集》会等到明天。我在铺道上走来走去，手摸着袋里的铜币，眼看着书摊，两种欲望在我内心里争斗。书买了，我带了书回家，在我吃着面包黄油的午餐时，我看着书页饱享眼福。

我看到这本《提布卢斯诗集》最后一页上用铅笔写着："读毕，10月4日，1792。"差不多一百年前的这本书的主人是谁呢？没有其他的文字。我欢喜幻想他是一个可怜的学者，像我一样贫穷热切，他用自己的血滴买了这本书，并且像我一样乐意读它。这种猜想有多少近实情，我不容易说。温柔心肠的提布卢斯呵！——有一位诗人[22]将他的画像留给我们，我想比罗马文学中任何这类的东西都更为令人愉快。

> 或是在茂林中默然潜行，
> 对适于聪明善良人的事加以深思？

挤满的书架上有许多其他的书也是这样买来的。拿上它们，就是活龙活现地回想起来挣扎和胜利。在这个时期，除了获得书籍之外，金钱不足以代表任何我愿加以思索的东西。有我所热切需要看的书籍，有比身体的营养对我更为必要的书籍。我当然可以在大英博物馆看到它们，但这和成为自己的财产，放在自己的书架上面，完全不是一回事。偶然我买一本外表最破烂不堪的书，受了胡写乱画和撕扯的玷辱——没有关系，我宁愿读这一本书，不愿读不属己有的本子。但是有时候我也犯自己任性的罪过；一本书诱惑了我，一本并不是我真正渴望的书，是谨慎原可以使我放弃的奢侈。例如我的那本《容-施蒂林集》（*Jung-Stilling*），它在霍利威尔街（Holywell）引起我的注意。书名在《真与诗》[23]中是我熟悉的，我翻着书页的时候,好奇心越来越强。但是那一天我制止住了。实际上,我出不起十八便士,这就是说,我那时候真够穷。我又经过两次,每次都使我自己安了心,《容-施蒂林集》没有买主。有一天我有了钱了。我连忙到霍利威尔街去(这个时期我的习惯的步度是一点钟五英里),我看到那位头发灰白的小老人,和他交易——他的名字叫什么呢?——我相信这个人原来是天主教的神父,而且还有一种神父的尊严在。他拿了书,打开来,沉思一会儿,于是看一看我,仿佛自诉心曲似的说道:"是呀!我希望我有时间读这本书。"

有时我在为书籍所忍受的绝食之外,再加上搬运夫的劳力。在波特兰路(Portland Road)车站附近一家小书店,我遇到一部初版的吉本,价钱是可笑的——我想是一先令一本。买到这样书页干净的四开本的书籍,出卖上衣我都愿意。碰巧我身边的钱不够,家里的钱却是够的。我那时候住在伊斯林顿。和书商谈了之后,我步行回家,取了钱,再步行回来,又——抱着大本头的书,从尤斯登路(Euston)西口,走到远过了天使酒店的伊斯林顿的一条街。我两次拖完——我想到吉本的磅数[24],在我一生中这是唯一的一次。这一回我两次——计算上取钱的一次便是三次——走下尤斯登路,爬上本顿维尔(Pentonville)。我不记得哪一季,是什么天气;我买这部书的快乐把其他的思想全驱除了。不错的,要除了重量。我有无限的精力,但却没有许多劲,最后一次路走完时,我便坐在一张椅子上流着汗,发着痛,瘫软无力——却高兴!

富裕的人听到这个故事会吃惊。为什么我不让卖书人给我送这些本书呢？若是我不能等待，顺着那条伦敦大道上没有公共车辆吗？那一天除了在书上所费的钱之外，我觉得我再花不起另外一个便士了，我怎样可以使富裕人了解呢？不，不，这种节省劳力的消费不在我的范围以内；我所享受的东西，都的确是我用额头的汗赚来的。在那个时期，我几乎不知道坐公共车辆走路是怎样的事。我在伦敦街上一连走过十二点钟和十五点钟，绝没有想到过付出代价来节省腿力和时间。穷到极致，有些东西我不得不放弃，这便是其中的一种。

过了多年之后，我将我的第一版的吉本比买价更廉地出售了；一同卖的还有其他许多二开本和四开本的好书，我不断搬家，不能把它们随身拖带着；买这些书的人说它们是"墓碑"。吉本为什么没有市价呢？我的心时常为惋惜这些四开本的书而发痛。读印刷那样好的《罗马帝国衰亡史》是何等快乐！书页和内容的尊严是相称的；光看一页就可以调和人心。我想我现在容易得到另外一部；但是这一部书对于我，和那一部有尘土同劳力纪念的书便不会一样了。

13

一定还有精神及经验和我类似的人，记得波特兰路车站对面那个小书铺，它有一个特性：书都是有充实内容的——主要的是神学和古典的著作——而且多半是所谓的没有版本价值的旧版,卖不出价钱,为了实际的应用都由近代的版本代替了。卖书人很有上流人风度,这种稀奇的事实,和他的标价特别低,有时使我以为他开这个铺子只是因为爱文学的缘故。在我眼中认为无价的书,我用几个便士便在那里买到,而且我想我为任何一本书也没有出过一先令以上。像我有一次有机会可以觉到的样子,一个新从课室出来的年轻人,对于我高兴从那仁厚的书摊,或从里面更丰富的书架上搜求来的陈货,只会惊讶地加以轻视。例如我的《西塞罗书信集》[25]是短而宽的羊皮纸本头,有格雷维乌斯[26],格罗诺维乌斯[27],和其他不知多少旧时学者的注。呸!无望地不合时了。但是我绝不觉得这样。我深爱格雷维乌斯,格罗诺维乌斯和其他的人,而且我知道的若和他们一样多,我很可以心满意足受那个青年人的轻视。做学问的热诚是绝不会不合时的:光是那种模范便像圣火一样在我们眼前燃烧,永远熄灭不了。在旧时学者的注释中充溢着的热诚和爱,我在哪一位近代编辑者中可以找到?

就是我们现在最好的版本,也有很多教科书味;你常常觉得编者不将他的作家看作文学,都只看成课本。书酸对书酸,旧的胜过新的。

14

关于春季赛马今天的报纸有很长的记载。看到这使我满心憎恶。这使我想起一两年前在萨里（Surrey）一处车站上所见到的一张广告，宣布着临近的赛马。这就是我在笔记本上抄下的广告：

> 管理处为保证参观人之秩序与舒适，雇用下列人员：
> 十四名侦探（参加竞赛的），
> 十五名侦探（苏格兰警察局），
> 七名警监，
> 九名警察副长，
> 七十六名警察，和自陆军后备队及退役士兵特别选出之特别派遣队。以上人员完全为维持秩序与驱除不良分子而设。大队萨里警察亦将协助。

我记得有一次，在一块闲谈的朋友中间，对赛马问题失口说了一句话，大家说我"脾气和人格格不入"。连提倡人自己都认为对体面人有危险的公众集会，对这加以反对，真就是"脾气和人格格不入"吗？人人都知道，举行赛马多半只使傻子、坏蛋和小偷高兴并得利。聪明人也参加这种事情，并且说他们的到场是要"维持一种大体还算高尚的游戏之地位"，来辩护他们的行为，这不过是表明聪明很容易变糊涂和不得体罢了。

15

昨天在远道散步的中途,我在路旁的小旅店吃午饭。桌上放着一本流行的杂志。随便阅览一下,我发现一篇妇女写的论"猎狮"的文章,我在其中遇到一段值得抄录的:

> 在我叫醒我丈夫的时候,一匹离开约有四十码[28]的狮子,一直向我们扑来,我用口径0.303英寸[29]的手枪正打中它的胸部,像我们以后所发现,将它的气管打碎了,脊骨打断了。它扑了第二次,第二枪射中它的肩头,将它的心撕成碎条了。

看看这位能用枪用笔的女杰,会使我感觉有兴趣。她大概是一个十分年轻的妇人;在家里的时候,大概也是客厅里的文雅人物。我愿意听她谈话,愿意和她交换思想。在圆形剧场里有座位的古罗马妇女是怎样的,她可以给我们一个很好的概念。在私生活中,许多这样的妇女一定都聪慧俊秀,受过高等的教养,富有令人愉快的情感;她们谈论艺术文学;她们可以为莉丝比娅的雀[30]流泪;同时她们对于撕破的气管,击毁的脊骨,破开的五脏,也是鉴赏家。她们愿意亲手从事屠杀,大半是不会的,在这件事情上,我不得不设想我们这位流行杂志上的猎狮女杰是一个例外的女子；但是无疑的，她和古罗马妇女可以一块过得很好，只找得出少数表面的不同。她的流血的回忆被顾及到一般人趣味的编者所欢迎，这事实或比编者和读众所见到的含义更深吧。这位妇人假若写一部长篇小说（她要写的机会很多），它会表现出近代的力量的真实情调。当然，她的风格被她爱读的作品所成就；多半她的感情和思想的表达方式也受同一来源许多影响。这若不已经是，我敢说不久也就要成为典型的英国妇女了。确实的，"她没有胡来的地方"。这样的妇女应当生育特殊的种族。

我离开旅店时心绪颇为混乱，从一条新路向家里走，我突然发现自己到了小山谷的边，谷里有农场和果园。苹果树正盛开着花，在我站着凝视的时候，终日发光都很吝啬的太阳，突然辉煌地照耀起来了。我那时所见的情形，我现在无话可以形容；那开着花的山谷安静的可爱，我只能梦想。在我眼前，一只蜜蜂嗡嗡叫着；在不远的地方，有一只布谷鸟鸣叫；从下面农场的牧场，传来羔羊咩咩的叫声。

16

我并不是民众的朋友。作为一种决定时代趋向的力量，他们引起我的怀疑和畏惧；作为可以见到的大众，他们使我远远畏避，并且常常引我憎恶。在我一生大部分时间中，民众的意义对于我就指的是伦敦的群众，用意义缓和的话，表现不出在这种情形下我对于他们的思想。乡间的民众我是不大知道的；我偶然见到的一点，并不诱请我和他们有更近的认识。我的每种本性都是反民主的，我怕想到无可抵抗地受着民众统治时，我们的英格兰会变成什么个样子。

错也罢，对也罢，这是我的天性。但是若果有人根据这个，说我对一切比自己社会阶级较低的人都不能容忍，那便大错特错了。个人和阶级之间的大差别，在我心里最为根深蒂固。就一个人自己来说，大体总可以从他身上发现点理智，一点向善的倾向。使他在社会组织中和同类在一起，十分之九他会成一个叫嚣的人，没有自己的思想，任何恶事，一受感染他都愿意做。因为各民族都倾向于愚蠢和卑污，所以人类前进得这样慢；因为个人有做更好的事情的能力，所以人类毕竟还前进。

在我年轻的时候，看着这个人和那个人，我惊讶人类只有这样小的进步。现在看着大众中的人，我惊讶他们竟前进了这样远。

我一向愚蠢傲慢，常常拿一个人的智力和成就来评判他的价值。在没有逻辑的地方我看不出好，在没有学问的地方我看不出美。现在我想我们必须区分两种不同的智力，一种是属于脑的，一种是属于心的，我认为后者比前者重要得多了。我小心着不使自己说，智力无关重要；傻子令人厌倦，也同样令人憎恶。但是我所认识的最好的人，确实不是因为智力，而是因为心肠得免于愚蠢。他们来到我面前，我看他们很无知，有很深的成见，可以有最可笑的错误推理；但是他们的脸面闪耀着至高的美德：仁慈、和蔼、谦虚、慷慨。有这些美德，他们同时也知道怎样运用它们；他们有心的智慧。

在我家里为我工作的可怜的妇人，她就是这样的一个人。一上来我就觉得她是一个出常的好仆人；认识了三年之后，我发现在我所认识配称为最优秀的少数妇女之中，她是一个。她能读能写——止此而已。我准信，受更多的教育会对她有害，因为这会使她的天然的动机混乱，不给她一点心理指导的光辉。她在完成着她的天性的职务，悠然满意，欣然负责，这使她在文明人中居高尚的地位。她欢喜整齐和安静；对于人类的孩子，还能给予什么更大的称赞呢？有一天，她告诉我一个过去的故事。她母亲在十二岁的时候，到人家去工作，但是你想是怎样的条件？女孩子的父亲是一个诚实的劳动者，要付给她所去的人家每星期一先令，为学习她所要做的事。若是有人要求现今的劳动者做这样的事，他会怎样狞笑瞪视呵！我的管家和普通这类人很少相像的地方，我再不惊奇了。

17

一天几乎不断下雨，但是在我却是高兴的一天。我吃过了早餐，正在看德文地图（我多么喜欢好地图呵！），查我所计划着的远行的路线，这时有叩门声，M太太拿进一个棕色的大纸包来，我一看便知道里面是书。订书单是不几天之前寄到伦敦去的；我没有希望这样快便可以得到书。怀着颤动的心，我将纸包放在一张干净桌子上；在收拾火时眼睛看着它；于是拿了小刀，庄严地，慢慢地，虽然用着颤抖的手，我还是开始拆包。

看卖书人的目录，从这页那页挑取可买的书，是一种快乐。以前在我不大能省出钱来的时候，我尽力使目录不在眼前；现在我却逐页尝味，愉快地实行我不得不用来约束自己的慎重。但是拆开没有见到而买来的书，便是更大的幸福。我不是搜求珍本的人；我不在乎初版和长度超常的本头；我所买的文学，是人的心灵的食粮。内面的包纸折过去，第一眼见到装订！第一次书的气味！第一次金字书名的一闪！这里有一部作品，书名我已经知道大半生了，可是我还没有见到过；我恭恭敬敬将它拿到手里，轻轻将它打开；在我浏览章目，预期等待着我的享受时，兴奋使我的眼前蒙眬了。谁比我更为欣赏《效法基督》[31]中这句话："在一切事物中我追求安静，但是我得不到它，除非在一个角落里手执着一卷书？"

我心中有做学者的素质。有闲暇和心的安宁，我可以博学。在大学的门墙之内，我会过得很快乐，无损害，我的想象会永远在古世界里忙碌。米什莱[32]在他的《法国史·导言》中说："我从世界的边缘上经过，我以历史为生活。"现在我可以看出，这是我那时的真正理想；在我的一切战斗和不幸中，我总生活在过去中的多,在现在中的少。当我确实在伦敦受饿,当我觉得永远不能凭笔谋生活的时候,我在大英博物馆度过了多少天,不计功利地读着书,仿佛我完全无忧无虑呵!吃一块干面包做早餐,口袋里另带一块做午餐,我在那大阅览室里的一张桌前坐下,面前的书绝无立刻得到的可能——回想起来真使我吃惊。在这种时候,我读大本头德国论古代哲学的书籍;在这种时候,我读阿普列尤斯、琉善、佩特罗尼乌斯,《希腊诗文选集》,第欧根尼·拉尔修[33],和天知道还有什么书!我的饥饿被忘却了;我必须回到那里过夜的楼顶间从不扰乱我的思想。全体看来,这在我倒觉得是颇可骄傲的事;我对那白面消瘦的青年赞许地微笑。我?就是我自己吗?不是!他死去三十年了!

高尚意义的做学问,以前没有给我机会,现在是太迟了。可是我在这里贪馋地读着保萨尼阿斯[34],并且自己约定要读他的每个字。尝过旧时文学的人,谁不愿读保萨尼阿斯而去读引证他和提到他的文学呢?这里有多册达恩[35]的《日耳曼国王》(*Die Köige der Germanen*):关于条顿民族的罗马征服者,谁不愿尽量多知道呢?诸如此类。一直到底我也将阅读——而且忘记。唉,这是最糟的!我无论在什么时候所有的知识,若是能随我运用自如,我都可以称为博学的人。忍受很久的焦虑、激动和畏惧,确实对于记忆是最不好的事。我所读的东西,我只能保持少数的片段,可是我还是要坚持欢快地阅读。我要为来生储集渊博的学问吗?实在,忘记已经不再使我不安了。我有目前的快乐，此外世人还能有什么要求呢？

18

在不受烦扰的一夜休息之后，匆匆赶来，摆出年岁颇大的人那种慢吞吞的神气穿衣服，心里想着我可以坐下读书，安安静静地整天读书，高高兴兴走下楼去——这是我亨利·赖克罗夫特吗？是多年穷困的劳动者亨利·赖克罗夫特吗？

我离开留在墨污的世界中的人，我不敢去想他们。这会使我凄伤，又有什么目的呢？但是既向那方面看望，我便不得不想他们了。哦，你们驮着重担的人，这时正坐下来从事该咒诅的笔耕的苦工；你们在写，不是因为你们脑子里心里有什么要发表的东西，而是因为笔是你们唯一能使用的工具，你们的唯一赚面包的方法！你们的数目一年一年增加；你们挤在出版家和编辑人的门前，乱拥乱抓，彼此互相诅咒。哦，可怜的景象，可笑而且令人心碎！

无数的男女为面包写作，他们简直没有机会在这样的工作上找到持久的生活。他们从事写作，因为他们不知道别的可做的事，不然就是因为文学职业的独立和令人目眩的奖励诱惑了他们。他们不放松这种不幸的职业，用乞求和借债补充入款的不足，一直到做其他的事情都太迟了——以后呢？有了一生可怕的经验，我说：鼓励青年指望以"文学"为生活的人，所犯的不亚于是一种罪过。我的声音若是有任何权威的话,我要在人能听到的地方,高叫出这种真理来。各种形式的生活竞争虽然都讨厌,文学界的胡乱格斗,我看比其他一切都更为卑污和令人堕落。哦,你们的每个字的价钱!哦,你们的批评栏和访问记!哦,等待着格斗中被践踏下来的人们的那黑暗的绝望。

去年仲夏我接到一个打字人的传单,请求我的照顾,不知道他怎样得到了我的名字,幻想我还在炼狱里面呢。这个人写道:"若是你圣诞节的工作紧迫,需要例外的帮助,我希望。",等等。

若是给一个开铺子的人写信,还能有什么别样写法呢?"你圣诞节的工作紧迫"!我太欲呕,笑不出来了。

19

有人在提高他的悦耳的声音称赞征兵了。每隔很久我们才在评论和报纸上读到这类的东西,而且我乐于相信:多半的英国人受它的影响甚至于像我一样,就是恐怖并憎恶得欲呕。这样的事在英格兰不可能,谁敢这样说?每个能思想的人都看出来了,对于人的野蛮力量,我们的保障是多么薄弱,这样的野蛮力量,有特权的种族已经慢慢地、苦心地约束住了。民治主义对于文明的较好希望是富有威吓的,根据军国主义的君主权力的复活（这和民治主义相随俱来并没有什么不自然），使前途十分可疑。只消有一个大屠杀家出现，各民族便互扼喉咙厮杀起来了。若是英格兰受到危胁，英国人是要战斗的；在这样极端，没有选择的余地。但是，假若没有当前的危险，他们必须在普遍当兵的灾祸下屈首，对于我们岛民，一定要发生怎样可怕的变化呵！我想，他们为保障人民的自由，甚至要超出审慎的界限了。

一个有学问的德国人，有一次向我说起他的一年兵役时告诉我说，要是再延长一两个月，他一定要自杀以求解脱。我很知道，我自己的勇气不会将十二个月支持到底；屈辱、憎恨和厌恶会使我发疯。在上学的时候，我常常每周一次在操场上"受操练"；就是在四十年以后，我只要一想到，在当时使我害病的那极苦痛的颤抖，便会重新回到我的身上来。无意义地照例机械运动，本身几乎就不能为我所忍受；我憎恶排队站着，凭信号伸胳膊伸腿，和勉强一致的脚步声。个性的丧失在我看来简直是耻辱。我排队站着的时候，教练人常常责备我不卖劲，他叫我"第7号"，这时羞耻和愤怒使我发火。我已经不是人了，我变成了机械的一部分，我的名字是"第7号"。我左右的人若是很开心，很热诚起劲地操练，常常使我惊讶；我会凝视着这个孩子，自问他和我怎样能觉得这样不同。实在的，几乎我所有的同学或者高兴做这件事，或者至少淡淡漠漠将它做完；他们和教练人交朋友，有些个人因为和他"超格"散步而骄傲。左，右！左，右！我呢，我想我所憎恶的莫过于那个宽肩膀，无情脸面，声音装腔作势的人了。他向我说的每一个字，我都觉得是一种侮辱。远远看到他，我便转身逃跑，避免敬礼的必要，更为避免使我异常痛苦的神经的颤抖。若是什么人对我有过什么害处，那便是他：身体的和道德的害处。十分正经地说话，我相信我从少年期以后所受的神经不安，多少可以追溯到这些钟点该诅咒的操练，而且我准信，成为我一种最麻烦的特性的那种很厉害的个人骄傲，可以说是从这些不幸的时刻开始。这种脾气当然是已经存在的；应当限制它，不应当使它加剧。

在更年轻的时候，想到在学校的操场上只有我一个人十分敏感，受着剧烈的痛苦，会使我高兴的。现在我倒颇为相信，我的许多同学都怀着同样的压抑下去的反抗心。即使那些孩子似的高兴做体操的人，我相信，对于生活的盛年，勉强加在他们和国人身上的军役，也不会有一二人欢迎。从或一观点看来，英格兰在征服下流血，比较热切地，或满不在乎地接受征兵制度，还要好得多。英国人不会持这样的观点；但是，假若一旦爱她的人没有一个怀这样的思想，对于英格兰人会是可悲的事。

20

我心里想到，我们可以给艺术下定义，说它是：人生妙趣的满意而且持久的表现。这可以应用到人所发明的各种艺术，因为在艺术家创造的瞬间，无论他是创造一部伟大的戏剧，或用木头雕一块丛叶，他们都被他对周围世界某方面的高超享乐所感动，所鼓舞；他这种享乐本身就比别人所经历到的更锐敏，又因为他有一种力量（我们不知道它是怎样来到身上的），将那种有异常生命力的情绪用可见或可闻的形式加以记载，使得它加强了，延长了。在某种程度上，艺术是人人都能做到的，即使他不过是一个耕地的农夫，因为力量和健康的结果，日出时在田野间发出些仿佛和谐的音调；他受着异常的生活兴趣所鼓励，唱起来，或试唱，这段未纯熟的歌便完全是他自己的创造。也耕着地，咏雏菊，咏田鼠，或写出《汤姆·阿香脱》[36]的协韵的故事的，是另外一个这样的人。生活的妙趣对于他，比激动普通农夫心灵的妙趣不仅要有力得多，微妙得多，他也能用文字和音乐将它表现出来，使它进入人类的心，在许多时代中具有着魔力。

这几年中在我国对于艺术颇有谈论。我猜疑，在维多利亚（Victoria）时代真正的艺术冲动缓弛的时候，在这个大时代的精力几乎耗尽的时候，这种谈论才开始。理论总在实行衰退的时候，变成热烈讨论的材料。并不是凭了用思想，一个人才变成艺术家，或者使他在这方面前进一英寸——这一点也不是等于说，已经是艺术家的人，不能用有意的努力得到益处。歌德（一点和他相像处也没有的模仿者，太常硬拿他做例子）对于《浮士德》（Faust）是用了充分心思的，但是在他的成就中同样珍贵的青年时代的抒情诗，是尽笔所能写的速度，歪斜着在纸上写下来的，因为他不能停下去将纸扶正，那又怎样呢？艺术家是天生的，不是养成的——这种可敬的真理，即使给我自己的眼睛看，我敢写下来吗？这时代常常听到对于司各特[37]有轻视的批评，根据是他没有艺术的良心，他一点不想起风格便草率写作，他从不在开始以前细想计划——你当然知道，福楼拜[38]一定很不像他这样做的；在这样的时候，写下这个真理似乎不算多余吧。我们为什么就不听到，有一位威廉·莎士比亚用类似犯罪的粗心，产生他的所谓艺术作品呢？一位名叫塞万提斯[39]的拙工，对于他的艺术这样不认真，在一章书中描写桑丘的斑驴被偷，不久只是因为忘记，又为我们写出桑丘骑在斑驴上面，仿佛没有发生过什么事情一样——这不是事实吗？一位萨克雷[40]不是在一部极"主观的"小说最后一页上无耻地承认，他在一页上将法林陀斯（Faringtosh）爵爷的母亲杀死，在另外一页又使她活了吗？这些对艺术犯罪的人还同样列于世界超越艺术家之林，因为他们的生活在一种意义上、在一种程度内，为他们批评家所不解，而且他们的艺术是生活妙趣的满意并持久的表现。

无疑的，有人早已发现我这个定义了。这没有关系；这在我就少些创见了吗？不久以前，我为这种可能性焦心，因为我的生活靠着连表面近似的剽窃也要避免。现在我和福平顿（Foppington）爵爷[41]的意见一致，颇愿在自己的机智的自然嫩芽中求乐趣，不烦心别人是否想到过同样的思想。假设我完全不知道有欧几里得[42]，发现了他的最简单的几何证法；有人使我注意到他的书时，我就垂头丧气吗？这些自然的嫩芽毕竟是我们生活的最好的产物；它们在世界的市场上没有价值，只是出于偶然。在自由的时期，我的有意的努力之一，便是在知识的方面为自己生活。以前读书时遇到什么使我高兴，和感动我的东西，它便进了我的笔记簿，以备"应用"。读到一节引人注意的诗或散文的句子，我不能不想到在我或要写的作品中，它可以成为合适的引语——这是文学生活的恶结果之一。现在我努力排除这种思想习惯，我发现自己这样问：那么，我读和记有什么目的呢？这实在是人用来自问的顶糊涂的问题。你为自己的快乐，为自己的安慰和增加力量而读书。完全自私的快乐吗？只能支持一点钟的安慰，不应战的加强力量吗？是呀，不过我知道，我知道。若不是为了这些点钟似乎无益的阅读，我有什么心肠在这里住在我的茅屋里面，等待生活的结束呢？

我有时候想，在我想要朗读一段文章的时候，若有一个人在旁边呵，多么好呀。是呀，可是全世界能有什么人，我可以一定指望他有同情的了解呢？——不，谁甚至可以大体和我的欣赏一致呢？这种智力的和谐一致是顶稀有的。我们终生渴望着它；这种欲望像魔鬼一样驱我们到荒凉的地方；结果将我们陷进泥泽，是太常有的事。终于我们知道这种幻想是空虚的。对于人人都是这样注定了；你要孤孤独独过生活。想象他们自己逃出这种共同命运的人是幸福的；在他们想象着的时候，幸福。没有得到这样幸福的人，至少避免了最痛苦的幻灭。一种真理无论怎样令人不舒服，正面看它不总是好的吗？将无益的希望一绝永绝的人，在逐渐增加的宁静中得到补偿。

21

今天我的园子里群鸟高声鸣叫。说空气里充满了它们的歌声，对于那种不断的尖声、哨声和颤声，有时成为胜利的合奏，狂放的谐声高入云霄，我们还得不到适当的概念。时而我注意到有一个较小的歌鸟，快乐疯了似的努力使用它的喉咙，要唱过其他一切的鸟。这是在赞颂的合唱，大地的其他孩子都没有这样的心或声音来发出。我听着的时候，它的荣耀的狂欢使我神往；我的生命在一种激发的快乐的温存中融化了；我不知道是怎样深刻的谦卑使我的眼睛蒙眬起来。

22

我们只要看看文学的杂志，以后再来评判这时代，便容易使自己相信：文明实在有了切实的大进步，世界站在很有希望开明的阶段了。我逐周看一看这些挤满广告的书页；我看到许多出版家，热诚地出版各种新旧的书籍；我看到在文学各部门工作的无数名人。宣布的作品有许多只有暂时的意义，或甚至没有一点意义；但是引有思想或好学人注意的有好多印刷品呵！献给大众的有许多古典的作家，形式美丽，价钱最廉；将珍宝在能重视它们的人面前这样价廉物美地陈列，是以前从来没有过的。对于有钱的人，有华丽的书卷；华贵的版本；在上面用了计算不清的花费、技巧和心思的艺术品。全世界和各时代的学问都在这里展览；无论一个人所研究的是什么，在这些栏中他总有时候找到合他脾胃的东西。博学的人对于学问范围以内各种题目所费的劳力，都在这里了。科学发表天上地下最新的发现；它在幽寂处向哲学家，在市场上向大家发言。人们从从容容从事的奇异工作，有无数出版物来代表；有知识意味的琐琐碎碎；从各种有人类兴趣的僻径搜集来的东西。对于别样心情的人，有无稽故事的作者；说实在话，他们在各种目录上占着荣耀的地位。谁去计算他们？谁去计算他们的读者？写诗的人也多；但是观察人会看出来，在这种公众趣味的索引上，现代诗人占着并不显耀的地位。反之，旅行记倒为数颇多；一般人对于辽远地方求知欲的锐敏，似乎只比对于传奇的冒险稍差。

有这些页东西在眼前，我们岂不是要得相信，精神的事物是我们最关切的大事？永远从印刷所发出来的这些卷书，谁是买主呢？除非是全国在知识范围内热切的结果，这样大的交易怎样能够兴旺呢？实在的，我们应当认为全国城市和乡间，私人的图书馆都在很快地扩大；大部分的人用许多时间读书；文学的野心是最普通的使人努力的刺激之一吧？

这是实情。关于现代的英格兰,这一切话是都可以说的。但是关于我们的文明的展望,这就足够使我们安心了吗?有两件事情必须记住。这种文学的交易就本身看无论怎样可观,是比较小范围的。这种表明真正文明人的心理态度,文学活动不一定是不变易的证明。

将每月一次的《文学机关报》放在一旁,将每天早晚出版的新闻纸拿起来看一看。在这里你可以得到事情的真正比例。读你每天的新闻报纸——无论是费三便士或半便士的——思想它所留下来的印象。也许有少数的书籍"得到短评"了;即使说这"短评"堪注意,拿它所占的篇幅,和物质生活的兴趣所占的比较;知识的努力对于全体所占的真正重要,你便可以有个尺度了。值得认为是阅读的读众是很少很少的;假如明天印书的事完全停止也不会觉到缺乏的人,是很多的。使人觉得起劲的渊博作品的宣布,事实上只对着散布在全部说英语的世界中那少数几千人说话。许多最有价值的书,缓缓地才销到几百部。从英帝国的各部分,将那些认为当然来买正经的文学,惯常在公共图书馆搜求它,简单说,将它认为生活必需品的男女,都集拢来,若是他们不能舒舒服服在阿贝尔堂[43](Abbert Hall)聚会,我就算是很错误了。

但是即使承认这个,我们的时代,照爱好知识的情形看来,是趋向文明的心理习惯的,不也是一种明显的事实吗?曾经有过什么时代看到知识和情感的文学散布得这样宽广吗?真正聪慧的少数人不是发生又深又广的影响吗?无论大众追随得怎样慢，怎样不规则，这少数人不是确实在领导吗？

我愿意相信。在暗淡的证明塞到我眼前的时候，我常常向自己说：想想合理的人的常常出现；想想他到处努力散放光明；现在人类既然已经进步到了这样的地步，这样的努力竟被盲目野蛮的力量压倒，怎么可能呢？是的，是的；但是我珍视为合理，自己开明并启发着别人的这个人，这个作家，考察家，或学问家，我紧攀着他的衣尾的，他对于组成真正文明的一切东西——正义与和平，态度的和蔼可亲，生活的纯洁——能够常常代表吗？这里有着书本气思想的错误。经验随处提出证明：有力的心理的生活可以只是一个人格的一方面，另外一方面却是道德的野蛮。一个人可以是很好的考古家，但却对于人类的理想没有同情。历史学家，传记家，甚至诗人，也可以成为金融市场的赌徒，社会的谄媚者，叫嚣的爱国狂者，或肆无忌惮的阴谋家。至于"科学的领袖"，什么乐观家敢说他们是温雅的美德这一方面的人呢？若是对于挺身出来作为教导人、感动人的人们，我们都不得不这样想，对于仅只听人家话的人，我们又怎样想呢？读众——哦，读众！谨慎的统计家不大会敢说，在二十个真正读有价值书籍的人中，一个读时能了解他们的作者，那些似乎销售很广的，高尚怡情的作品的讲究丛书，你以为它们可以保证一切买书的人真正欣赏吗？记住那些趋时髦，骗邻人，甚至为奉承自己而买书的人；记住有些人买书是为愿意送价廉的礼物，有些只为欢喜书的外表。尤其要记住那些碌碌的大众，他们的热诚不是根据知识，也不是根据信念——就是那一帮半受教育的人——他们是我们时代的特色，也是危险。他们确是买书的，而且买得很多。他们间有少数人，头脑和良心的倾向都证明他们的热诚是正当的，我希望我不会不承认这种事实；对这样千分之一的人给予一切的帮助和兄弟的安慰！但是那些油嘴滑舌的多数人，那些昂然自得将书名和作者名字都误读的人，那用鼻音将节拍韵律都抹杀的人，那些多出六便士将未切的书页乱糟蹋了的人，那些对卖书的折扣算得很精明的人——我在这些人身上能看出我对于下一世纪希望的明证吗？

有人告诉我说，他们的一半的教育将要成为完全的。我们是一个过渡的阶段，在旧的坏时代，只有少数人有受高等教育的特权，在未来的幸福时代，人人都将受高等教育：我们是在这两个时代之间的。对于这种理论，很不幸的事实是教育仅对少数人是可能的；尽管你是怎样教，你的最热心的精力也只能使少数人得益，在薄土上希望丰富的收获是枉然的。你的普通人依然是你的普通人；若是他意识到了力量，若是他变成能发言和自专的人了，若是国家的富源尽入了他的掌握，现在在每个幸——或不幸——而具有不得人心的精神的英国人眼前，威胁着隐隐约约出现的情形，便实现了。

23

每当早晨我醒来的时候，我都为沉静感谢上天。这是我的祈祷。我记得伦敦的时日，那时睡眠被玎玎铿铿、喧嚷锐叫的声音打断，我恢复了意识的第一个感觉便是憎恶我周围的生活。木和五金的声响，车轮的轧轧声，器具的砰当声，铃的乱响声——这些已经是够坏的了，但是更坏的是喧嚷的人声。世间没有什么比傻高兴的乱嚷或锐叫更为激怒我，没有什么比凶恶的盛怒的叫嚷更令我憎恶。假若可能的话，我愿除了少数亲人之外，永远不再听人舌所发出的声音。

在这里，无论我在什么时刻醒来，无论是迟是早，我都在雍容的沉静中躺卧着。或许有马蹄合拍节地在路上发出响声；或许有狗从邻近的田家吠叫；或许从埃克塞河那一面传来远远的火车的轻软声音；但是勉强传到我耳朵里来的声音，几乎只有这些了。无论在一天的什么时候，人声是最稀有的。

但是清晨的微风中有树枝的沙沙声响；有出着太阳的暴风雨吹打窗子的音乐；有鸟的晨歌。近来有好几次，我醒卧着的时候，传来最早的云雀的最初的声调；这几乎使我连无安息的夜也觉得欢喜了。在这样的时候，唯一使我感触的不安，便是想到在人世的无意义的喧嚷中，我浪费了一长段的生活。这个地方年复一年都有同样的安静；比我所曾经得到的再略多一点好运，再略多一点智慧，我就可以使我的成年期享到恬静，我可以使自己在晚年回顾长期的有庭园乐趣的和平生活。按目前的实情说，我略怀着忧伤来享乐，总记着这种和谐的沉静，不过是那等待着要拥抱我们的更深的静寂的序曲罢了。

24

最近我总到同一的方向去散步,我的目的是要看看落叶松的园子。世间再没有比它现在所穿的更可爱的颜色了;它使我的眼睛清爽,并且欢快,它的影响深入到我的心里。它改变得太快了;我已经觉得那最初的灿烂的颜色开始变成夏季的朴素了。落叶松有它的美丽无比的时刻——每春有机会享受的人是很好的。

我在这里,一天一天的,不仅有闲去散步并看落叶松,而且享有这样享乐所需要的心的宁静,能有什么事情比这更妙吗?在任何有阳光的春天的早晨,有多少人觉得自己心平气和,能够尽兴享受天上地下的伟观呢?五万人中有一个这样的情形吗?一连五六天没有一种焦虑,一种心思来搅扰他的冥想,你想一想命运对这个人是何等特殊的仁慈!相信有一种嫉妒的神,这种信念在人心中有很深的根(而且是很合理的),我不免自问,为这一段神圣的恬静,我是否要用一种灾祸来偿付。在约一个星期的时间中,我便是这少数中的一人,被命运的至上恩惠从全人类中选出来的。这也许轮流摊到每个人;对于多数人,一生只有一次,而且,时间是那样短促。我的命运似乎比普通人的好得多,有时候使我畏惧。

25

今天在我所喜欢的一条小径上散步，我看到上面满是山楂的落英。乳油似的白，衰谢了还在发香，五月的光荣飘散在地上了。这告诉我春天过去了。

我照应分的样子享受了春天了吗？从我得到自由的那一天之后，年的新生我已经看过了四次，在紫罗兰谢，玫瑰花开的时候，我总怀着一种畏惧，怕上天的这种恩惠，在我还能享受的时候，我没有充分珍视。在我可以到草场上去的时候，我关闭在书本里度过许多点钟。所得相等吗？怀疑而不自信，我倾听着我的头脑怎样辩护。

我回想我的快乐的时刻，回想我对于每种开放的花的认识，和发芽的树枝一夜便着了绿衣怎样使我惊异。山楂上最初的雪似的闪光没有逃过我的注意。在它常生的岸上我守候着最早的樱草。而且我在它的丛中发现了白头翁。开着金凤花而发光的草场，猿猴草照耀着的洼地，使我久久凝视。我看见山水杨因为银毛的球果而闪光，因为金尘而光彩灼灼。这些普通的东西，我每次看它们的时候，都越来越使我叹赏惊讶。它们又一次过去了。在我转向夏天的时候，一种疑惧和我的快乐混合起来了。

一

夏

1

今天我在园子里读书的时候，一阵夏季的香味——在我所读的文章中一种隐藏着的联想的环——我不知道它究竟是什么——使我回到学童时代的假日；摆脱了长期的工作，到海岸去的这种轻舒的心情，原是童年的幸福之一，这时很异常生动地恢复了。我那时坐在火车中；不是载你走远道的急行的特别快车；却是到不重要地方的慢车，它使你在走过去之前，看到机器冒出的白蒸汽飘浮，并落到草原上面。谢谢聪明的好父亲，人众拥挤的海边的地方，我们少年人都看不到；我所说的也是四十年以前的时候了，那时在北部英格兰海滨，无论在东岸或西岸，为海岸的美丽和幽静而爱海岸的人才会知道的地方，是还可以找到的。火车每站都停；小小的车站，用花坛点缀着，在日光中发出温暖的香味，乡下人拿着篮子从那里上车，他们讲着我们不熟悉的土语，在我们听来几乎像是外国话的英语。于是第一次瞥见海；注意看是潮涨还是潮退的兴奋——在生满旋花科植物的海岸下面，平稳的微浪在最远的地方发出泡沫，或是有一片片的沙和生着野草的池。突然间，到了我们的站了！

呀，孩子的唇上尝到的那盐水味！现在，我高兴什么时候休假便可以休假，高兴到什么地方便可以到什么地方；但是，那海洋空气的盐味的吻，我再也不会知道了。我的感官迟钝了；我不能那样接近大自然了；我对于它的云和风有一种可悲的恐惧，在我以前快快活活跑跳的地方，现在，必须用令人厌烦的慎重态度来行走。即使是半点钟也好，但愿我能扑进海滨有阳光的浪里，在那里晒太阳，在银色的沙丘上打滚，在发亮的石帆上从这块岩石跳到那块岩石，若是失足落进浅滩，落到海盘车和白头翁之间，便发出欢笑！我的身体比心老多了。以前我所享乐的东西，现在我只能看看罢了。

2

我在萨默塞特（Somerset）过了一个星期。合适的六月天气使我有了漫游的心，我的思想转到了塞文海（Severn Sea）。我到了格拉斯顿伯里（Glastonbury）[44]和威尔士（Wells），再前进到切达（Cheddar），一直在克利夫顿（Clevedon）到达英法海峡的海岸，总记着十五年前的假日，而且常常在那时的我和这时的我两相对照中茫然自失。那个最古的英格兰的角落，美得没有文字可以形容；若不是怕湿气和有雾的冬天天气，我会在门迪普斯（Mendips）山下选个地方做我的家和安息处。这些古地名在我的耳朵里听起来有说不出的美；这些小市镇埋没在耕地和牧场里面，还没有受到近代生活忙迫的影响，它们的古代圣所仿佛被高贵的树和生满花的树篱保护着，它们的安静是美妙的。在全英格兰，没有比从格拉斯顿伯里的圣荆山眺望的景色更可爱，更有变化的了；在全英格兰，没有比威尔士大教堂的宫壕旁浓阴的走道更可爱的沉思地方了。我想到我在那里度过黄金时代的时刻时，一种我无以名之的感情便支配着我：一种无法言说的狂欢使我的心颤抖。

在我的生活中有一个时期，我被要到外国旅行的欲望所苦熬；在变化着的一年中，对于一切熟悉事物的不耐烦使我苦恼。我若是没有终于找到了机会逃脱，我灵魂所渴望的风景我若是没有见到，我想我一定会郁郁而死。一定少有人比我更为享乐这样的漫游，少有人怀着更丰富的快乐，或更深的渴望，在回忆中来重温旧游。但是——在成熟的秋季，我想到葡萄和橄榄时，无论对我有怎样的诱惑——我不相信我会再过海了。享乐这个亲爱的岛上我所知道的一切，和我愿知道的一切，我所余下来的生命和精力已经是太少了。

我儿时常睡的一间屋子里，四壁挂着仿英国风景画家刻出的版画——半世纪前很普通的钢雕,上面有这个题跋,"仿自弗农[45]画廊的图画"。这些图画给我的印象,远胜过我当时所知道的;我用孩子的聚精会神的注意——这一半是好奇,一半是幻想——反复凝视它们,直到每一条线都深印在我心里了。在这时候我还看到那黑白线的风景,仿佛它们挂在我面前的墙上一样,我常常想,这种早年的想象——因为这是想象——训练,对于我的热爱乡村风景很有关系,这种爱在我不知不觉的时候也在我心里潜伏,而且在多半年中是指导我的生活的情绪之一。这种早年的记忆或许也可以解释,为什么我爱黑白线的版画,甚至超过爱一张好的油画。再得另外一个推论:在我的青年期和成年的早期,我在艺术所表现的自然上,比从自然的本身得到更多的快乐,这也许是一种原因。甚至在那古怪的时期,艰苦和热情使我做了俘虏,我一点也见不到开花的大地的时候,一张画着最简单的乡村风景的画也可以感动我,深深地感动我。在稀有的时候,幸运的机会使我进了国家美术馆,我常常在《谷里农家》《麦田》[46]《鼠穴荒原》[47]这样的画前站立很久。在我内心的阴沉的混乱中,这些和平与美丽的世界的幻象触动我的深情——我被排除在这世界之外,实在我对这世界也不大去想。但是在那时和现在,要在我心中唤醒这种情绪,都用不着大师的魔术。我只要遇到一块最不高明的小小的木刻,最价廉的照相版印的插图,代表着一所茅顶的小屋,一条小径,一片田野,我便可以听到那音乐开始低响起来了。谢天,这是一种随着年岁一同生长的热情。我卧着要死时脑子里的最后思想,将是照耀在英国草场上的阳光。

3

在我的园子里坐在玫瑰花的黄昏的芳香中,我读完了沃尔顿[48]的《胡克传》(*Life of Hooker*),有什么地方和时候能更为合适吗?希维特里(Heavitree)教堂的钟楼几乎在望——希维特里是胡克的出生地。在英格兰的其他地方,他一定常常想念伸展在埃克塞河绿色河槽的草场,和在霍尔登山的松树后面落下去的太阳。胡克爱乡间。他请求从伦敦调任一个乡间的牧师职——"在乡间我可以看见上帝的祝福从大地冒出"——我觉得是可喜的,而且无限动人。见到他手拿一卷贺拉斯牧羊那一瞥,也是这样。他的有力的散文的格调,是在乡村的幽静中脱的胎。有怎样天体的音乐向这个为悍妇所扰,脸上有丘疹的可怜人演奏呵!

最后几页我是借着满月的光辉阅读的,这以前落日的余晖已经够我用了。哦,为什么不让我在多年笔耕中,写点小而完全的东西,甚至像诚实的艾萨克所写的传记一样呢?这是文学,你注意了——不是"文学的作品"。我有心可以享乐它;不仅了解,而且体味到它的大好处——我也感谢吧。

4

是星期日早晨，在大地的美丽上面，闪耀着今夏以来使我们欢快的最纯净、最柔和的天空。我的窗子大开着；我看到园里的叶和花上太阳的闪光；我听到惯向我歌唱的鸟；在我檐下住家的燕，时时默默地疾飞过去；教堂的钟开始响了，我熟悉钟声的音乐，无论是远的或是近的。

有一个时期，我喜欢对英国的星期日肆意讽刺，在这每周停止劳动和忙碌的休息中，我只见到陈腐的愚蠢和近代的假道学。现在我却认为它是无价的恩惠，侵犯着它的宁静的一切，我都畏惧。对于"严守安息日的思想"，我无论怎样嘲笑，星期日到来我不是总高兴吗？伦敦大小教堂的钟声是并不悦耳的，但是我记起它们的声音时——就连那最伪善的非国教的教堂，用一个悲惨的钟舌敲出的声音——我发觉它总是和安息感、自由感相联系的。我在七天中将这一天给予我的更好的天才；工作放在一旁了，而且在上天允许的时候，烦恼也忘怀了。

离开英格兰的时候，这种星期日的安静，这种似乎连空气都影响到了的与平常日子的不同，我总怀念着。人们到教堂里去，店铺关闭，工厂默然无声，是还不够的；这些假日的标记还不能成为星期日。无论一个人对它的意义怎样想，我们的休息日有一种特殊的神圣性，我料想，就是愿看见乡村少年玩板球戏，和城里剧场开门的人，也多少渺渺茫茫觉到的。这种观念对于负着重担的世人，确实很好的；让每周有一整天和普通人世生活分开，使它像超出普通的焦虑一样，超出普通的快乐。虽然有种种宗教狂的弊端，这种思想依然是富有幸福的；星期日对于大多数人总给予很大的好处，对于少数人却就是灵魂的生活，无论他们中有的人对于这几个字怎样加以异端的解释。若是它的古代的用处在我们之间消失，那对于我们的国家便很糟，无疑它是将要消失的；那已经使这一天对大众减少了神圣性的变迁，只有在这里的乡村的幽静中，我们才可以忘记掉。将和它一同消失的是那种按期安静的习惯，这虽然变成多半是没有自觉意义的了，我们却可以有把握地说，它是赐给一个民族的最好的精神的恩惠。这种安静是在一切中最难得到的、最难保持的，是最高贵的心的至上的福气，在有一时，每周劳作的最后钟声一响，它便吹遍了全土。在星期六的早上七点钟时，开始了安慰和沉静。因为旧信仰的衰微，星期日不能不失去它的制裁力，而且在我们所受到的无数损失中，这会最有效地通俗化。将这一天分开的权威不再被承认时，还有什么希望保证这一天的道德美呢？——想一想每周有一个银行的假日！

5

星期日我比平常下来得迟;我换了衣服,因为在精神休息的日子将劳苦一周的号衣放在一旁,是适当的。在我,实在的,任何时候我都没有劳作,但是星期日仍然给我带来安息。我共享一般的宁静;我的思想比较在其他各天,更完全逃开实际生活的世界。

我的这所房子怎样可以使自身有一种星期日的安静,不容易看出来,因为在任何时候它都几乎是无声的;可是我却发现一种区别。我的管家现出星期日的微笑到屋里来;她这一天更为快乐,看到她的快乐使我喜悦。假如是可能的话,她说话用一种很轻柔的声音;她穿的一件衣服使我想起只有最轻易、最干净的工作要做。她要早晚到教堂去,我知道她为这更好。她不在的时候,有时我看着平常我绝不进去的屋子;我准信在这个好妇人的管理范围内,会看到发光的洁净和完全的有条有理,我看看只为使眼睛高兴罢了。若不是为了那个毫无污点的、发香味的厨房,收拾我的书,悬挂我的画对我有什么用处呢?我的生活的宁静,完全靠着这个妇人的诚实照料,她过生活,做事情,都不给人看见。我准信,我付给她的钱,是她所得报酬的最小的一部分。她是一个很旧派的人,光是尽她自己认为应尽的责任,对她便是一种目的,而且,她两手所做的工作，本身便是一种满足，一种骄傲。

在儿时，在星期日允许我拿一些书籍，这些书不能受平常日子的更粗心的对待；或者是有很好的插画的书，或者是熟悉作家的更漂亮版本，或者仅是因为本头大，需要特别细心的作品。幸而这些都是较高级的文学书，所以在我心里，在休息日和诗文上最伟大的名字之间，形成了一种联想。我一生中都保持着这个习惯；我总愿将星期日的安静用一部分在有些书上，在多数时候，这些书是很容易被放在一旁的，我对于它们的认识同爱，便很可以作为忽略它们的借口，去看有新鲜味来吸引我的印刷物。荷马和维吉尔[49]，弥尔顿和莎士比亚；我不翻开他们其中一个的星期日，是少有的。这样的星期日少有？不，这是夸张。因为人有这样做的习惯。让我不如这样说：在许多休息日我有心情和机会供这样阅读。现今我是总有这样心情和机会的了。我愿意的时候，便可以取下我的荷马或我的莎士比亚，但是仍然是在星期日，我觉得享受他们的友谊才算最合适。因为这些得到不朽的伟大作家，对于仿佛被世俗焦虑所迫而来接近他们的人，是不起反应的。这里适于端庄悠闲的服装，与和平调协的思想。我颇为有礼节地打开书；若是神圣这两个字有什么意义的话，这不是神圣的吗？在我读的时候，我不会被打断。红雀的声调，蜜蜂的嗡嗡——这是我的圣所周围的声音。书页翻动的时候，连沙沙的声音都少有。

6

有好多住处我们可以说,在它的屋顶下不曾听到一句怒言,住的人之间从没有存在过恶感呢?多数人的经验都似乎使他们有理由说,在有人居住的全世界,没有这样的人家存在。我知道至少有一个,所以承认有更多的可能;可是我觉得这是冒险胡猜;我不能准定地指出任何其他的例子,而且在我全部的世俗生活中(我是作为一个脱离了人世的人说话),我也举不出另外一个。

人共同生活是很难的;不,无论在怎样合宜的环境之下,时间无论怎样短暂,他们要毫无互相冒犯的痕迹来联合,也是困难。工作和习惯的不同,成见的冲突,意见的分歧,(不过这大概是同样的事),在两个人超出了偶然的接触相处时,很快就显明出来,这是要想一想的;而且两个人在表面的和谐中同时存在,若超过一两点钟的时间,其间要包括好多自我的抑制,也要想一想。人生来不是和同辈和平交往的;他在天性上便是自专的,通常是挑战的,对于他觉得生疏的任何特性,总用多少仇对的精神加以批评。他能够有深的感情,只不过对他天然的好争斗性偶然加以限制,并制止它的表现罢了。就是最广大最纯洁意义的爱,对于危险的激怒和天生的敏感,也不是保障。没有有力的习惯做同盟,爱的持久性算得什么呢?

假设你自己有这样灵敏的听觉：任何城市的屋宇下任何时间的谈话，你都可以清清楚楚听到，发脾气，生气，闹意见的情调会占优势。除了最可爱的梦想家，谁能怀疑这件事？你注意了，这并不是等于说，怒的感情是人类生活中的支配力量；我们的文明的事实证明情形正是相反。正是因为，而且仅是因为，天然的冲突精神找到这样常有的机会发泄，所以人类社会能够合在一起，并且在大体上显出和平的外表。在时代的过程中（我们乐意知道究竟有多少时代），人得到了很大限度的自制的力量；可怕的经验将妥协的必要勉强加到他的身上，而且习惯使得他（个人）宁愿过安静有秩序的生活。但是他本性仍然是一个好争吵的生物，他在和合理的利益不相冲突的范围之内，让这种冲突发泄——当然，往往也不顾这个范围。普通的男女总公开和什么人不和；大多数人要没有时常发生的吵闹，便不能生活。你无论和什么人去谈私密话，让他告诉你，他记忆中朋友亲戚们冷淡、生疏，和简直仇对的情形有多少。这个数目会是可观的，你从这可以推论出来的日常"误会"的数目要多得怎样多呵！口头的争论，在贫穷的平民阶级中，比在过悠闲生活的有教养的阶级中，当然更为常见，但是我怀疑，社会阶级较低下的人，比他们上面的文雅的少数人，是否觉得个人相处要困难得多。高尚的修养可以帮助自制，但却加多了互相刺激的机会。在大宅第里和在贫民窟里一样，生活的紧张是不断觉到的——在结婚的夫妻间，在父母和孩子间，在远和近的亲戚间，在主人和用人间。他们辩论，他们争吵，他们喧闹，他们发作——于是神经宽舒了，他们又准备重新开始。离开家，争吵比较不显明些，但是在周围仍继续着。每天早晨所送的信件，在不高兴的、发脾气的和愤怒的心情中写成的，要占怎样的比例呢？信袋高嚷着侮辱，或因为压抑着的恶意裂开了。人类生活居然达到了这样高度的公私组织，不是可惊吗——不，不是奇事中的奇事吗？

温和的理想主义者对于战争的延续还发出愤怒的惊讶哩！嘻，各民族怎么居然还能保持和平，不是人的智力所能解释！因为若是凭了最难得的好运气，个人之间才可以和谐相处，异地各民族间相互的谅解和善意，似乎可能性要少得多。事实上，向来没有两个民族是友好的，若是将友好作为彼此真正欢喜解；在各国的相互批评中，总掺杂着仇视的感情。Hostis（仇对）这个词的原意只是陌生人，一个陌生人同时也是外国人，不在普通人心里引起憎恶，可以说是稀奇的例外。除了这之外，每个国家中还有许多人以增剧国际的厌恶为乐为业，战争不断被人谈论，而且时常宣战，人要略有常识，怎能觉得惊异。在过去的时代，距离和交往的稀少，保证了各国之间的和平。现在各国都互相接近了，新闻记者和政治家们所不断谈论的什么不信任，恐惧和憎恶，还有什么详加解释的必要？因为接近，所有国家都进了自然要争闹的范围。他们找到许多事情来争闹，并不是使人惊讶的原因。一百年以后，可以有些可能性看出来：在每个文明民族的生活上发生了很好影响的法律，国际的关系是否也会遵守；这国和那国是否愿用不流血的争闹缓和缓和脾气，为公开的好处将更凶烈的冲动克服。可是我怀疑，对这种结果做合理的推测，一个世纪是很短的时间。若是有什么机会一切的报纸都停止。

……

谈论战争，我却卷进这样乌托邦的沉思中了！

7

我在读一篇论国际政治预言的文章，这样的文章在评论上是常常出现的。为什么我这样浪费我的时间，很不容易说；我料想是憎恶和畏惧的吸引力，在闲着无事的瞬间制胜了我吧。这样的作家是很有见识，很有力量的，他证明欧洲大战确要发生，并怀着一种特殊的满足来看它，在某一种人的心里，这样的情形容易引起满足。他的关于"可怕的灾祸"等等的话，毫无意义；他的文章的全部情调证明：他代表着，而且是有意的，促成战争的一种力量；他在这事上所居的地位是口若悬河的不负责任，对于憎恶"无可避免的"事情的人都加以轻视。坚持的预言是使事件一定发生的老方式。

不过我不愿再读这样的文章了。我下了这个决心，也要遵守。丝毫没有什么好处，为什么要使我的神经愤怒得颤抖，将一整天的安静都破坏了呢？若是国家互相屠杀，对我有什么关系呢？让糊涂虫们去干吧！为什么他们不应使自己高兴呢？和平毕竟只是少数人的希望；一向总是这样，将来也永远是这样。但是关于"可怕的灾祸"这种令人恶心的口头禅，不必再说了。领袖们和大众不持这样的见解；他们不是在战争中看到直接的、真正的利益，便是低着头，被他们的心里的野兽驱逐到战争上去。让他们撕裂并被撕裂，让他们在血和五脏里蹚过，直到——若是这样事会发生的话——他们发恶心了。让他们毁坏了谷田和果园，火烧了家室吧。虽然这样，仍然可以找到沉默的少数人，他们在安静的草原中散步，他们弯下身去看花，并观望落日。只有在这些人身上才值得费心思。

8

在这样炎热的天气，我有时喜欢在辉煌的日光中散步。我们岛上的太阳绝没有热到受不住过，而且在盛夏的胜利中有种堂皇的气概，使人兴高采烈。在街道中是难受的，但是就是在这里，对于有眼光会看的人，天空的异彩使本身原是卑微或可憎的事物也有了美。我记得在一个八月的银行假日，为一种原因我穿过伦敦行走，突然发现对于大街的奇怪的荒凉我很欣赏，从这更进而惊异地觉到有种美丽的东西，在世俗的远景，无趣味的建筑中，都有一种美，这是我所从不知道的。在夏天少数日子中才可以看到的清清楚楚的深影，在本身上便是很感动人的，照在没有人的大道上时尤其是这样了。我记得像看新东西一样，来看熟悉的建筑、尖顶和纪念碑的形式。最后我在河岸路一个地方坐下的时候，那倒是因为我要从从容容地看望，并不是要休息，因为我并不觉得疲倦，仍然将中午的光辉照射到我身上的太阳，似乎使我的血管充满了生命。

这种感觉我永远不会再知道了。对于我，大自然有安慰，有狂欢，但是却不再增进生命力了。太阳使我生活着，但却不能像旧日一样，更新我的生命了。我愿学着不加深思地享乐。

我在黄金时刻的散步，引我走到一棵大七叶树，它的根在丛叶的阴影中供给我一个方便的座位。在这个休息的地方，我眼前没有很宽阔的景物，但是我所见到的已经够了——在一片麦地的边上，一角荒地，上面开满了野芥和罂粟花。鲜红和黄色同白日的光辉调和。近处也有树篱，上面开满了旋花科的白色大花朵。我的眼睛一时是不容易疲倦的。

有一种我很喜欢的小植物是开粉红花的豆科灌木。太阳炎热地照在上面的时候，花发出一种奇异的芳香，我觉得是很可喜的。我知道这种特别喜悦的原因。它有时生长在海岸上的沙地里面。在童年我多次在明朗的天空下面，躺在这样的地方。虽然我不大想到，它的玫瑰红色的小花触到我的脸上时，我总觉到它的香味。现在我只要一闻到这种香味，这些时刻便又回来了。我看到坎伯兰（Cumberland）的海岸，向北伸展到圣比头（St. Bee's Head）。海的地平线上有个模糊不明的形体，这是人岛（Isle of Man）；陆上有群山，那时候为我保护着未知的神奇的地域。唉，这是多久以前了！

9

我读书比一向少多了；我思想却要多得多。可是不再能指导生活的思想，有什么用处？或者不如不断阅读，将自己无用的自我丧失在别人的心灵活动中，还要好吧。

今年夏天我没有拿起一本新书，却和许多年没有打开的旧书重温旧好。有一两本书是成熟的人不太阅读的——是人惯认为"已读的"书；臆断已经知道得可以谈论了，但是绝不开卷。这样，有一天我的手放在《远征记》[50]上了，这是我在学校所用的小小的牛津版本，空白页上有孩子气的签名，有墨污和文字下画的线，有边上胡写乱画的字。我羞愧没有别的本子；但是这却是我们愿有美丽外表的书。我打开书，开始读——少年时期的幽灵在我心里动了——一章接着一章读下去，一直到不几天之后，我将全书读完了。

我高兴这件事发生在夏季。我欢喜使童年和晚夏的日子发生联系，我再找不出比回到一本学校用书更好的方法了，这本书就是作为学校用书，也是我的大喜悦。

因为记忆的习惯，我总将在学校读古典作品的工作，和温暖晴朗天气的感觉连在一起；下雨，阴暗和寒冷的空气，一定是更常有的情形，但是这些事情都被忘记了。我的旧时的利德尔[51]和司各特仍然对我有用，若是打开它时，我弯下身去闻到书页的气味，我便回到少年时期的那一天去（这日期是久已故去的一个人的手在空白页上记下的），那时这本书是新的，我第一次用它。那是夏季的一天，我带着半畏惧半快乐的孩子气的颤抖，看那不熟悉的书页，或者有悦目的阳光落到书页上面，永远留在我的心里了吧。

但是我在想着《远征记》。若是这是存留下来的唯一希腊文书籍，为读这本书也很值得学希腊文了。《远征记》是可赞扬的艺术品，将准确迅速的叙述同色彩和画境熔为一炉，这本书是独一无二的。希罗多德[52]写了一部散文的史诗，在书中作者的人格永远在我们眼前。色诺芬的好奇和爱冒险的心表明他是出于同一种族，但是在追求一种新的艺术特点时忘却了自我，他创造了历史的传奇。在这本小书里有多少奇异的事，野心和冲突，异地的奇迹；使一切发着热光，充满了危险和解救，有山和海洋的空气一样新鲜！将它和恺撒的《内战记》[53]一同想一想；并不是比较不可比较的东西，却是来欣赏色诺芬的文字老练中闪耀的完全艺术，他的简练所得到的结果，和罗马作家的同样特性所得的结果，是很不相同的。恺撒的简练从力量和骄傲得来；色诺芬却是靠活泼的想象力。《远征记》有许多处一行表现一张图画，深刻的动人的感情。第四卷有一个好例，在这卷书里有一段可喜的无法胜过的叙述，说到希腊人对于一个领他们穿过危险国家的向导，怎样报答并打发他走。这个人也冒着生命的危险；他满载着兵士们为感恩送给他的有价值的东西，经过敌对的地域回去。

长庚星在夜色中显现。

当夜晚到来的时候,他向我们告别,并在夜间走路。

在我心里,这话富有可惊的暗示性。你看到那荒野的,东方的景物,上面太阳已经落了。希腊人在那里,在长时间的行军中,算暂时安全了。那个山居的,有用的野蛮部落的人,独自一人带着引诱人的报酬,就要走进暗黑的危险中去。

也在第四卷,另有一幅图画却别样感动人。在卡尔杜基安山(Carduchian Hills)中捉住了两个人,要从他们打听要走的小路。"他们中有一人,什么也不愿说,经种种威吓他都沉默不语;所以当着他同伴的面,将他杀了。于是另外那个人说出他拒绝指路的原因;在希腊人必须走的方向,住着他的女儿,结过婚的。"

不容易比这少数字所表达的,表现出更多的悲惨。我们可以相信,色诺芬自己的感觉并不完全像我们的一样,但是他为这件小事而保存了这样小事,于是在一两行文字中闪耀着人的牺牲同爱,为一切时代都是有意义的了。

10

我有时候想,我要用一年中有阳光的六个月,到不列颠各岛去漫游。有许多有趣的事物和美我没有见过,可是留下一个角落不去拜访，我又不肯对我们这个可爱的家闭起眼睛来。我常在幻想中漫游我所熟悉的各地方，有些熟悉地名在记忆中引不起图画来，我要到那里去的欲望使我不安。我的一排各郡游览指南（在书摊上我总制止不住买它们）使我神游；只有论到工业的城市那些页是索然无味的。可是这个行程我永远也不会开始了。我太老，习惯也太固定了。我不喜欢铁路，我不喜欢旅馆。我会为我的图书室，为我的花园，为从窗子外望的景物想家。再说——我很怕不死在自己屋里，死在别处。

按一般的情形说，曾经使我们很入迷的地方，或者回想时觉得似乎曾经使我们入迷的地方，最好只在幻想中重游。我说曾经使我们入迷；因为我们对于流连过的地方的记忆，经过相当的时间之后，往往和当时所得的印象，只有微微相同的地方。实际上不过很中庸的享乐，或者很受内心或外在环境纷扰的享乐，时间一远便显得是很深刻的快乐，或深幽安静的幸福。反之，若是记忆不曾创造出幻象，而某一个地名和生活的黄金的时刻发生过联系，希望另去一回会重得过去时日的经验，也是鲁莽。因为使人快乐和平静的原因，并不仅是所见到的景物；地方无论怎样可爱，天空无论怎样可喜，成为当时一个人的重要部分的心和血的精神，若不是有适当贡献，这些外在的东西是不会有用的。

今天下午我读书的时候，我的思想散漫了，我发现自己在回想着萨福克（Suffolk）的一处山腰，二十年前一个仲夏，在我走过了很长的路之后，我有睡意地在那里休息。一种很强的渴望制服住了我；我动心要立刻出发，再找到高的榆树下那个地方，我以前在那里愉快地吸着烟管的时候，听到周围有金雀枝的荚在中午太阳的盛热中爆炸。若是我随着一时的冲动行事，有怎样的机会使我享受到记忆中所珍藏的另外一点钟这样时光呢？不行，不行；我所记得的不是地方；却是生活的时期，环境，心情——它们在那时候幸福地合而为一。我能够梦想在那同一山腰，在同样明朗的天空下面所吸的烟管，会和那时有同样的味道，或给我带来同样的安慰吗？我脚下的草土会同样柔软吗？大的榆树枝会和照射在上面的中午的阳光那样令人愉快地调和吗？而且在休息的一点钟过去之后，我会像那时一样跳起来，热切地再拿出我的力量吗？不会，不会；我所记得的只是我早年生活的一瞬，偶然和萨福克的风景画联合在一处罢了。那地方不再存在了；除了对于我，也向未存在。因为我们的精神创造了我们周围的世界，而且即使我们并排站在同一草场上，我的眼睛绝见不到你的眼睛所见到的东西，感动你的心的情绪，绝不会使我的心受感动。

11

我在清晨四点钟过一会的时候醒来了。窗帘上有日光，那总使我想到但丁[54]的天使的、最早的黄金日光。我睡得异常好，没有做一个梦，而且全身觉到休息的幸福；我的头脑清楚,脉搏缓和地跳动着。我在这里躺了几分钟,问自己要从枕头跟前的架上取下什么书的时候,突然我想要起来走进清晨中去。我立刻动起来。拉窗帘、开窗子,只增加了我的热心,我不一会便到了园子里,又走出到大路上,心里轻轻快快地不顾方向往前进。

在夏季日出的时候出去,是好久以前的事了?这是中等健康的人都可以自己享受的,最大的生理和心理的快乐之一;但是一年未必有一次,心情和环境联合使人可以做到这件事。在天大亮之后在床上躺几点钟,这种习惯是很奇怪的,假如我们要想一想的话;这完全是一种坏习惯;这是近代制度在旧时更健康的生活上所引起的最糊涂的改变之一。若不是我精力不足以从事这样的大改革,我愿开始在日落睡觉,日出起来;什九这会大大改进我的健康,这会增加我生活的快乐。

旅行的时候,我往往看到日出,而且总怀着一种大喜悦,这和大自然的其他方面在我心里引起的感情是完全不同的。我记得地中海上的破晓;各岛的形式在时时改变的最温柔的光彩中闪烁,直到它们在辉煌的海中漂浮。还有在山中——那最高峰,一时是冷冷的苍白色,一时经玫瑰色手指的女神一触,便成为轻柔的红色了。这些是我永远不会再看到的了;这些在记忆实在是很完全的,我恐怕用更新的经验使它们变模糊了。我的感官迟钝得多了;它们不将以前显示给我的东西显示给我了。

学童的时期是多么辽远呵,那时候我欢喜在别人都还熟睡时起来，从宿舍逃出。我的目的是很明白的；我早起只为做功课。我现在还可以看到那长的教室，被清早的日光照着；我还可以闻到那教室的味道——书籍，石板，墙上挂图和其他我不知道的东西混合起来的。我有一个心理的特点：在早晨五点钟的时候，我可以津津有味地做算学，在其他任何时候是我讨厌的功课。在使我常常害怕的一节打开书来，我总欢喜对自己说："来吧，今天早晨我要来解决这个困难了！若是别的孩子能了解它，为什么我就不能呢？"我有一个部分成功了。只是一部分；无论我怎样努力，我的力量，总使我到一个限度便失败。

在我过楼顶间生活的时代，我很少早起；除了一年之外——或十二个月的大部分——我在这一年中，为一种特别的原因，总规律地在五点半起床。我为一个要进伦敦大学的人补功课；他是经商的，他的方便的读书时间只有在早饭之前。我那时住在汉普斯特德（Hampstead）路附近；我的学生住在骑士桥（Knightsbridge）；他请我每早六点半到他那里去，快步走差不多整要一个钟头。那时候我并看不出这安排有什么刻薄，而且我高兴赚这一点少少的学费，使我可以整天写作，不怕饥饿。但有一种不方便；我没有表，我的唯一知道时间的方法，便是听邻近的一个钟。普遍我总在应当醒的时候醒；钟打五点，我跳起来。但是偶然间——这总在早晨发黑的时候——我的准时的习惯靠不住；我听到钟打一刻或半点，不知道是我醒得太早，还是睡得太久。害怕不守时刻在我是一种疯狂，所以不能睡着等待；我不止一次穿上衣服，走到街上去，尽力去探听是什么时刻，我很记得，有一次的外出是在下雾雨的清晨两三点钟之间。

偶然在我到了骑士桥的学生家时，听说某先生太累了，起不来。这对我没有什么大关系，因为并不减少学费；我走了两点钟路，对我更好。再说我坐下早餐的食欲很好，不管我补习了还是没补习！早晨有面包、黄油和咖啡——怎样的咖啡呵！——而且我吃得像一个苦力。我的精神畅旺极了。在回家的路上我全想着我一天的工作，早晨的脑子被健全的饥饿、活泼的运动鞭策得有力了、清楚了，工作得最好。最后一口咽了之后，我便在写字桌前坐下，是呀，我在那里坐七八个钟头，中间隔一段短短地咀嚼食物的时间，在全伦敦只有少数人像我这样工作，怀着快乐、热诚和希望……是的，是的，这是好日子。它们为期并不长；这在以前和以后，有的是各种的吃苦受罪和焦虑。我总觉得感谢骑士桥的某先生，他给我一年健康的，几乎是和平的日子。

12

昨天没有计划地走了一天路；只有一点钟接着一点钟的长时的漫步，完全是令人愉快的。这漫步在托珀姆（Topsham）终止，我在那里坐在一个小小的墓场的斜坡平地上面，看着晚潮顺着宽的江湾涌上来。我很爱托珀姆，那个墓场是我所知道的最安静的地方之一，它俯瞰着虽不完全是海，却胜过江河。自然和老乔叟（Chaucer）[55]的联想——他说到过托珀姆的水手——帮助我的这种心情。我回来很累了；但是我还没有衰老，为这我是应当感谢的。

说不出的有家的幸福！虽然我的想象三十年间不离开它，可是有把握地觉得永远在家里，其中含有多么深妙的快乐，我是从来不知道的。我反复回到这种思想上来；只有死可以将我从我的住处驱走。我愿学着将死看成朋友，它不过使我现在享受的平静更为有力罢了。

当人在家的时候，他的感情对于邻近周围的一切是怎样增长呵！我一向怀着喜爱想着德文的这一个角落，但是那和现在逐日在我心里增强起来的爱一比较，算得什么呢？从我的房屋开始，一棒一石在我都觉得和心血一样亲爱；我发觉自己将手亲热地放在门柱上面，在我走过去的时候，在园门上轻轻一拍。园里的每一棵树和矮丛都是我的亲爱的朋友；在必要的时候，我很温存地触摸它们，仿佛粗心可以使它们痛苦，鲁莽可以使它们受损伤一样。若是我从走道上拔起一根野草，在扔开以前我总怀着忧伤看看它：它属于我的家呵！

还有周围的乡间。那些村落，它们的名字多么悦耳呵！我发现自己将《埃克塞特报》上的地方新闻完全有兴趣地读了。并不是我对人民关切：除了一两个例外，人民在我丝毫算不了什么，见他们越少，我越高兴。但是地方我却觉得越来越亲切。在希维特里，布拉姆福德·斯皮克（Brampford Speke）或牛顿·圣西雷斯（Newton St. Cyres）无论发生什么事，我都乐于知道。我因为知道周围许多英里的每条大路和小径，骑马的路和步行的路，开始觉得自傲了。我欢喜打听农场和田园的名字。这都是因为我的住处在这里，因为我永远在家里了。

我觉得从我的房屋上过去的云，比别处的云都更有趣，更美丽。

想想有一时我竟自号为社会主义者、共产主义者或其他任何革命的主义者！当然时间并不久，我猜疑我以前心里总有种东西，对我嘴唇所说的这些事加以轻视。活着的人没有谁比我有更深的财产观念了，再没有在每根纤维上比我更厉害的是一个个人主义者了。

13

在这样盛夏，我怀着一种奇怪的感觉记起来：有许多人凭了自己自由的选择，日夜在城市里过生活，他们挤在会客室里喋喋不休地谈话，在公共的食堂里宴会，在剧院的炫目的亮光中流汗。他们称这为生活，他们称这为享乐。对于他们，是这样的，他们是这样生就的。惊讶他们遵守他们的命运，是我的糊涂。

但是怀着怎样深深的内心感谢，我提醒自己：我再不会和那衣冠堂皇的一群混在一起了！幸而我并没有多见过他们。我记得有几次，一种假想的必要使我到了他们的可悲的范围内；这种记忆使我觉得脑子里有病似的营营作响，四肢筋疲力尽地困倦。一切结束了的时候，我再走出到街上的宽舒！这时我觉得贫穷是亲切的了，它暂时似乎使我成了一个自由的人。在书桌跟前的劳作我觉得是亲切的了，一相比较，这使我能够自尊。

不真正是我的朋友的男女，我再不会同他们握手了。我并不和他们认识的相识，我再不会去看他们了。人人都是我的兄弟吗？不，谢天，他们并不是！若是我能够，我不愿损害任何人；我愿一切人好；但是就事物的本性说，在有些地方不能觉到个人的仁慈，我不愿假冒。我对于许多我所轻视或心里畏避的人，假装出微笑，信口说无意义的话；我这样做，因为我没有勇气别样做。对于觉到有这种弱点的人，最好离开人世过生活。勇敢的塞缪尔·约翰逊（Samuel Johnson）！一个这样说实话的人，值得一切要教化人类的道德家和传教士。若是他退到孤独的地位，会是一种国家的损失。他的每句率直无畏的话，都比胆怯的好人嘴上的全部福音更有价值。一般人无论穿得怎样好，都应当这样对待他们。糊涂人或穿呢衣的恶汉听到他的正当称呼的时候很少有；有权利这样称呼他的人也很少遇到。互相侮辱使我们得不到什么益处，可以受人回敬一声"你也这样"的责难，不中什么用。但是，就世界的现状说，诚实聪明的人应当有鲁莽的舌头。让他说话并不要饶人！

14

骂英国的气候是糊涂。没有更好的气候——对于健康的人；评判一种气候，总要拿健康的普通土著做标准。病人没有任何权利易怒地谈论天空中自然的变迁；大自然并没有将病人放在心目中；若是他们能够，他们可以去找求适于他们特殊情形的特殊环境。留下数百万健康强壮的男女，听凭四季前来，轮流从每季得到益处。在没有极端冷热，在普遍的温和，甚至在它的变幻无常上（这在最坏的时候使人有希望），我们岛上的气候，和别的地方比较起来并不逊色。谁像英国人一样欣赏春夏秋冬的佳日？他的不断谈论天气，就证明天气所给予他的，他多半都很锐敏地欣赏；在碧蓝得单调的地方，甚至像在气候情况显然恶劣的地方一样，并不常有这样的谈论。所以，即使承认我们有不少天气不好的日子。东风侵害我们的喉咙，雾侵害我们的关节，太阳藏起光辉的时候太常见，太长久，可是显然这一切的结果都很好：它使我们在天空的多方面变化下产生一种热烈的心情，刺激我们过露天生活的欲望。

弱者们抱怨天气，只是要别人怜悯，我当然也是其中之一。今年七月是有云多风的，就是在德文这地方也很不欢快；我恼怨，颤抖，喃喃自语地说到南方的天空。呸！假如我是我这样年岁的普通人，我会大步在霍尔登山上行走，对于阴云密布的天空一点点也不介意，可以找到许许多多东西弥补太阳的缺乏。我不能有耐性吗？难道我不知道，有一天东方会像开放的花蕾一样，放出温暖和光辉，而且上面碧蓝的天空，因为这种延久的失望，对于我的饥饿的身躯可以有更多的安慰吗？

15

我到了海岸——享乐它，是的，但是用怎样颤抖衰老的方式呵！以前常常像饮酒一样饮强烈的风，顺着黄沙湿道高兴地往前跑，光着脚在滑溜溜的海草上从这块岩石跳到那块岩石，挺胸抵抗涨大的浪，当它在发亮的泡沫中埋住我时欢叫——就是我吗？以前在海边我从不知道坏天气这样的事；只有热切的心情和健旺的生命这样的变化。现在呢？若是风吹得太厉害，若是下一阵暴雨，我便必须找躲身处，并裹着大衣坐下。这是重新提醒我：我最好住在家里，只在回忆中旅行。

在韦茅斯（Weymouth）我由衷地欢笑了一次，这在中年以后也是一件不容易得到的好事。有一张沿海岸航驶的汽艇所发出的通告，向大众介绍汽艇上"满设厕所和一个妇女交谊厅"。想想有多少人读到这个不发一笑。

16

在过去十年中,我在全国的各部见到许多英国的客店,看到它们坏到那样,使我吃惊。只有一两次我碰到一个客店(或者,你要乐意,也可以称为旅馆),在那里我享受过舒服。常常连床也是令人不满意的——不是好虚饰的庞大并挂着闷气的帐幔;便是坚硬并且铺被很薄。设备总是一致讨厌的,不是全不设法装饰(这是最安全的事),便是令人憎恶的趣味随处触目。食物一般是质料又粗又坏,并且很粗心大意地开给你吃。

我常常听说,骑脚踏车的游客使路旁的客店复兴了。也许是这样吧,但是骑脚踏车的游客似乎很容易满足。除非我们很受了旧时作家的欺骗,英国的客店向来是愉快的去处,很为舒服,并备有很好的食物;而且是一个准可以受到既热诚,又客气的欢迎的地方。现今乡镇和村落里的客店,一点也不是旧时那样好意义的客店了,它们只是酒店罢了。店主人的主要兴趣是卖酒。你愿意的话,你可以在他屋宇下吃饭睡觉,但是他希望你做的是喝酒。可是,就连对喝酒,也没有过得去的设备。你可以见到一个所谓饮酒厅,一间又闷又脏的屋子,有不结实的椅子,在那里只有沉醉牛饮的人才可以幻想他自己的安适。若是你要写一封信,只有最坏的笔和最糟的墨水拿出来;甚至在许多客店的"商务间"也是这样,而且这些客店似乎靠着旅行各地的商人照顾。实在的，整个开客店的事务办得糟到令人不能相信的地步。在一个客店有一所有画意的老房子，一所可以使人尽量舒服的房子，一个供人休息快乐的地方时，那一般的愚蠢或畜性最为令人愤慨。

在酒店你只希望酒店的礼貌，在多数所谓客店或旅馆，你也遇不到更好的礼貌。想到连假装的客气也少见，真令我吃惊。就一般情形说，男女店主不是傲然显得比你高超，便是态度不堪地和你表示亲切；茶房和使女淡淡漠漠工作，只在你要走的时候，才略显屈尊的兴味，这时若是他嫌你的小费不够，便发出轻视的笑语或喃喃的侮辱催促你走你的路。我记得有一个客店，因为早晨我要出进两三次，总看到前门被两个妇女的胖大身体遮盖着，她们是女店主和酒柜使女，在那里谈闲天，看街上。从屋里出去，我不得不请让路；慢吞吞地让开了，连一点点抱歉的话也没有。这是苏塞克斯一个市镇的最好的"旅馆"。

再说食物。无可怀疑，在这上面是远不如前了。我们现在在乡村旅馆的饭桌上所得到的款待，要设想旧时坐马车的旅客会满意，是不可能的。烹调总是不堪的；肉和菜蔬的质总在中等以下。什么！在英国客店要一份老老实实的排骨或肉排都不行吗？再三地因为给我筋和多骨的肉使我的食欲不能满足。在午餐要五先令的旅馆，烂软的土豆和多筋的白菜使我恶心。大块肉——肋或腰肉，腿或肩肉——普遍总是一片没有喂肥的、无汁无味的东西，在炉子里烧焦了；至于牛股肉，简直就等于不见了——大概因为在腌盐上需要太多的技巧吧。再有早餐的腌猪肉，我付了最好的威尔特郡（Wiltshire）烟熏肉的价钱，在我面前放的却是多么令人受不了的东西，发着硝石的味道！谈论有毒的茶和水味的咖啡，会只是任性抱怨吧；人人都知道在公共的食桌上得不到好饮料；但是若有真正的理由对于一品脱[56]麦酒不满意，却又怎样呢？从当地的酿酒厂也还常常可以得到使人有精神的好酒，但也有可叹的例外，而且无疑地，和在其他的事情上一样，这里也有了这种趋势——若不是有意打算的欺骗，也是一种退步，粗心。我预见到英国人将要忘记怎样酿啤酒的日子；那时人唯一安全的办法，便是喝从慕尼黑（Munich）运来的酒。

17

有一次我正在一个伦敦的饭馆吃饭——不是多数人到那里去的大饭馆，而是在四外很安静的地方开设的规模小的饭馆——进去了一个劳动阶级的青年，在我的邻桌坐下了，他的衣服表示着假日。我一看便知道他感觉到的只有不安；他看着长的屋子和面前的桌子时心里疑惧；侍者来将菜单给他时，他羞窘迷糊茫然凝视。无疑地，一种奇怪的意外运气使他大起胆第一次进到这样的地方，现在进来之后，他真心愿意再出去到街上。不过由侍者的提示帮助，他要了牛肉和菜蔬。盘子端上来的时候，这个可怜的人简直就不知道怎样下手：刀叉的排列，盘子的分布，酱油瓶和五味瓶架，将他窘住了；不属于他那阶级的人的聚会，被一个衬衣胸部长长露在外面的人伺候着这种未惯的经验，毫无疑问尤其使他窘了。他红了脸；他用最笨拙无用的努力要将肉弄到他的碟上；食物是在他面前的，但是正像一个坦塔罗斯[57]一样，他受禁止不能享受。极审慎地观察着，我最后看到他掏出口袋里的手帕，摊在桌上，突然一努力，用叉将肉从盘里叉到手帕上了。侍者这时明白了顾客的困难，走上前来向他说了一句话。因羞成怒，年轻人粗鲁地问侍者要付多少钱，结果侍者拿来一张报纸，帮他包起肉和菜蔬。扔下钱来，这位受错误的野心牺牲的人匆匆离去，在比较不生疏的环境中去满足他的饥饿去了。

社会的差别，这是可惊而且令人不快的一例。除了英格兰，在别的国家也会发生这样的事情吗？我怀疑。这个受苦的人的外表还是好的，若有普通的自制力量，满可以完全在饭馆里吃完他的饭，不被人注意。但是他所属的阶级，在世间各阶级中，分明有一种天生的土气，并和新环境不相适应。英国的下层阶级必须有特殊的美德表明出来，才可以弥补他们在别的方面的缺陷。

18

外国人普遍对于英国人的评判是容易了解的。作为陌生人到英国各地方去，顺铁路旅行，在旅馆里住，除了公开的方面别无所见，你所得到的会是无情的自我主义，脾气乖张寡合的印象；简单说，一切都同社会和公民生活的理想很相反。可是在事实上，没有一个国家有这样高程度的社会和公民的美德。作为一分子的英国人是不合群的吗？在各阶级中，当然尤其是在有知识的人中，为有关公益的，那样多方面的，有力而热诚的合作，世界上有什么国家可以显出呢？不合群；无论你走到英格兰什么地方，你不大能找到一个男子——现今也实在不易找到一个受过教育的妇女——不属于为研究或游戏、为社会或国家的利益而成立的社团，也见不到他在闲暇的时候，不尽力尽社会一分子的责任，拿所谓沉睡的市镇看一看，它充满了各种联合活动的声音，而且这些活动都是完全自动的，充满各种热心联合的努力，在大家以为很"合群"的国家，是绝没有梦想到的。合群性并不在乎和第一个来到的人畅谈不休。它并不依仗天然的雍容和蔼；实在，它和完全笨拙的同近乎凶野的程度，都不相冲突。英国人一向（至少在过去约两世纪）不偏于纯粹礼节的或欢快的社交形式；但是在关系社会各种重大利害的地方——健康和舒服、身体和灵魂的福利——社会的本性却是至上的。

可是这种无可辩驳的事实，和另外一种同样显然的事实——普遍的英国人似乎欠缺恳切——是不容易调和的。从一个观点，我佩服并称赞我国的人；从另外一种观点，我衷心憎恶他们，并愿越少见他们越好。我们惯于想英国人是恳切的民族。他们在这方面有了损失了吗？一世纪的科学和赚钱，使国民性受了可以觉到的影响了吗？我总想到我在英国客店的经验，在那里你不能不觉到对于生活的人情方面有残忍的淡漠；在那里食物是不注意地狼吞虎咽；酒仅凭习惯牛饮；甚至和蔼地打招呼说话，都少见到成为引人注意的事了。

两件事必须记在心里；文雅的英国人和粗俗的英国人之间有种异常不同的态度，还有除非在最合宜的环境中，英国人天生不容易显露他的真自我。

阶级和阶级间的态度不同是这样显著，匆忙的观察家蛮容易幻想到心和性格有同样的大不同。在俄国，我料想，可以看到社会的两极端是分得很开的，但是除了这个可能的例外，我想没有欧洲的国家能显出英国绅士和乡野鄙夫之间这样触目的鸿沟。当然，乡野鄙夫代表大众，他留印象在旅客的心目中。离开他面前的时候，我们可以对他公正；我们可以记起他的美德大部分和有教养的人是相同的，虽然是初步的，并需要严格的指导。他并不单独代表——虽然仿佛是代表——一个国家。要了解这个大众，你必须进到那令人受不了的态度下面，并且学知：很好的公民的美德，和几乎令人憎恶的个人态度是相容的。

至于受教育的人的固执的缄默、淡漠，我只消看看我自己便可以了。实在的，我并不完全是一个有代表性的英国人；我的自我意识，我的好沉思的习惯，倒使我的民族的社会的特性变模糊了；但是将我放在少数代表大众的人物中，我不是立刻便觉到本能的冷淡,觉得缩在自身中,觉到类乎的轻视感情吗?偶然遇到英国人的外国人,是拿这些来责骂他的。我特别之处是在努力克服这种努力常常成功。我若是有一点自知之明的话,我并不是一个不诚恳的人;可是我却不能十分肯定,许多偶然和我相识的人会不说我的短处是缺乏诚恳。要显露我的真自我,我必须有合适的心情和合适的环境——这毕竟也就差不多等于是说,我确定是英国人。

19

在我的早餐桌上有一罐蜜。不是冒这个名在铺子里出卖的那种制造出来的东西,却是蜂窝里的蜜,邻居的村人拿到我这里来的,他的蜜蜂常到我的花园里嗡嗡,我承认,看起来比吃起来给我更多的快乐;但我喜欢尝它,因为它是蜜。

约翰逊说,受教育和未受教育的人之间的区别,同死人和活人之间的区别一样大;就某种意义说,这并不是夸张。就想一想一个人对于普通的东西的观点,可以怎样受文学联想的影响,若是我对于伊米托斯和伊布拉[58]毫无所知,若是我心里没有许多诗歌,或不记得什么传奇,蜜对于我有什么呢?假如我是困居在城里的,这名字可以给我带来一点乡村风味的愉快;但乡间假如对于我只是草谷和菜蔬,像对于从不读书或不愿读书的人一样,就连这也多么意义贫乏呵。因为诗人确是一个创造者：在顽迷的人类所践踏的感官世界之上，他建筑了他自己的世界，不受约束的精神是被召到那里去的。看到蝙蝠黄昏时在我的窗前飞舞，听到道路完全黑了时的枭鸣，为什么使我快乐呢？我可以怀着憎恶的心来看蝙蝠，听猫头鹰或者怀着茫然的迷信，或者一点也不注意它们呀。但是它们在诗人的世界中有地位，并且使我超出了无谓的现实。

我有一次在一个小市镇过了一夜，我到那里疲倦了，早早上了床。我立刻便睡着了，但是不一会我不知道是什么使我醒来；黑暗中有种音乐的声音；在我的脑子里清楚了的时候，我明白了是教堂轻柔的钟声。能是什么钟点呢？我点了亮，看看表——中夜。于是我身上发了热，"我们听到了中夜的钟声，夏罗[59]君！"这以前我从来没有听到过。我在那里睡觉的市镇是伊夫舍姆（Evesham），离埃文河上的斯特拉特福德只有几英里路。若是这些中夜的钟声对于我只像其他随便的钟声一样，我为打断我的睡眠骂了它们；怎样呢？——约翰逊并没有夸张。

20

这是六十周年纪念日[60]庆祝的火在山上闪耀，使人想到阿伽门农[61]的堡垒上的守望人（想到伊丽莎白女王和西班牙舰队倒更为切题）。虽然愿意喧嚣快快过去，我也和其他任何人一样，看出其中的好处。英国的君主政体，照我们现在所知道的样子，是常识的胜利。承认人没有一个君主不成；怎样可以使这个权力和最大限度的民族和个人的自由相容呢？我们无论怎样，在一个时期中算将这问题解决了。当然只在一个时期中；但是考虑一下欧洲的历史，我们的庆祝或者是有理由的。

六十年中不列颠共和国在一个元首的统治下支持。反对者说：别的常更换总统的共和国，保持着君主权威的外表，使人民的消费更少得多，是离题更远的话。英国人现在愿意他们国家的首领称为王或女王；这名称他们觉得是可喜的；这和一种普遍的感情相适合，这种感情并不被人明确了解，但仍然有作用，便是所谓忠。大多数人这样想，这种制度看来也蛮好，试验新东西能达到什么目的呢？国家乐意付出代价；这是国家的事。而且，改变成一种普遍的共和政体，会对一般有好处——谁能觉得对这有一点把握呢？在安稳的政府和国家的福利两方面，我们见到做过这样试验的国家比我们好得多吗？没有了意义的形式，经不起检验的特权，似乎可笑的妥协，似乎令人看不起的屈服，空论家对之都轻视。但是让他提出一种实际的计划，使一切人都合理、一致、公平。我幻想英国人在这些特性上天赋并不出常。就政治方面说，他们的力量在乎承认权宜的办法，同时由尊重事实加以补充。对于他们特别清楚的一件事实是：在这个四面是海的领域之内，许多代缓缓努力所建立的政治制度，对于他们的精神、脾气和习惯，是合适的。

他们和理想没有交涉；他们绝不麻烦自己去想人权。若是你很久地向他们谈论到开铺子的人，种庄稼的人，或卖猫食的人的权利，他们会听的，而且在这些情形的事实经过检验之后，他们将找一个方法处理它们。他们的这种特点，他们名之为"常识"，一切都考虑过之后，常识对于他们很有贡献；我们甚至可以说，世界的其他部分也很受它的益处。说特识有时会对他们更有好处，是不着要点的。英国人就事情的现状处理事情，而且首先承认他自己的存在。

这次的六十周年纪念宣布普通人的合法的胜利。回顾六十年来，谁会装模作样地怀疑，在这个时期英国人民在物质生活上有许多改进？他们自己常常争论，但是他们从来不互相打杀，而且从每次严重的争论中，都得到了实在的收获。他们是更干净并更清醒的人了；在各阶级中残酷性都减少了。教育——无论它所代表的是什么——大加扩充；有好些种的专制制度废除了；因为粗心或无知而生的有好些种苦痛减轻了。不错的，这只是些小节；它们是否表示文明的切实进步，还有待决定。但是每个普通的英国人都确有理由庆祝；因为这时代的进步的特征是他能了解赞成的，对于它的伦理的方面可以有所怀疑，对他不是不存在，便是不可解。所以让火炬从一切的山上向黑夜中闪耀吧！这不是钱买来的欢跃，不是奴颜婢膝的谄媚。人民自己欢呼，可是对于他们的荣耀和历史的代表，也并不是没有真诚的爱和感谢。宪法契约是好好维持着的。看看各王国的记载，试说说君民同庆不流血的胜利有过多少次。

21

住在北方一个客店，有一次我听到三个人早餐时谈论食物的问题。他们同意多数人都吃了太多的肉，有一个人甚至于说，他宁愿吃菜蔬和水果。"你能相信我吗？"他说，"有时候我用苹果做早餐。"这话被默然听着；显然两个听的人还不十分知道怎样想是好。于是说话人用有些吹嘘的口气说道："是呀，我能用两三磅苹果做一次很好的早餐。"这不是很有趣吗？这不是可见特性吗？这个诚实的英国人太过分坦白了。欢喜菜蔬和水果到某种限度是很好的，但是拿苹果做早餐！他的同伴们的沉默证明他们正为他有点不好意思；他的自白有贫贱的意味；要纠正他们对自己的意见，他最好的办法只是想到力言他吃苹果，不过不是只吃一两个；他大量地吃，成磅地吃。我笑这个人，但是我完全了解他，每个英国人都会这样；因为在我们生命的根底里对于吝啬怀着憎恶。这用各种可笑的，可轻视的形式表露出来，但这也同样是我们最好的特性的来源。一个英国人最希望的是慷慨地过生活，因为这种关系，他不仅害怕，却也憎恶并轻视贫穷。他的美德是慷慨热心的有钱人的美德；他的弱点从不如人的感觉（极痛苦并委屈人的）发出，在他心里这种感觉同无钱可花和无物可赠的人是连属的；他的坏处是多半因为失去了稳定的地位而失去了自尊心才发生。

22

对于这样性情的民族，走向民治主义的运动是充满特殊危险的。在同情上很深地富有贵族思想，英国人在贵族阶级中不仅看出社会的，而且看出道德的高超；贵族出身的人，在他看来是能力和美德（他自己认为这些是有价值生活的理想）的活代表。从旧时起的贵族和平民间的热诚的联合，是很有意义的；一方面是自由的，骄傲的敬意，回答着另一方面豪侠的保护；两个阶级都一同为自由而工作。平民为维持贵族的权力和荣耀无论牺牲怎样大，他们都是乐意的；这是英国人的宗教，他的天生的虔诚（pietas）；在最迟钝的灵魂的深处，对于贵族身份的伦理的意义，也有一种想法。你的贵族是有特权的人，有祖传的天赋慷慨本能，并且有钱财将这些本能在行为中显示出来。贫穷的贵族是名词的矛盾；若是有这样的人存在，说起他来总带着惊讶的悲伤，仿佛他是大自然无常的牺牲者一样。贵族有种种尊称；他们的语言和行为确实就是礼仪的准则，全国根据这个过生活。

在大西洋那边的新世界，出现了一个新种族，是英格兰的后裔，他不顾传统的贵族的原则形成自己的生活；而且在时间的进程中，这个胜利的共和国开始摆脱祖国的理想。它的文明虽然有表面的相似，并不是英国的，以为这文化更好的，让他这样想吧；我所愿说的只是：在摆脱旧的崇拜时，它已经在大体上显示出英国血统的自然趋势了。有些人在那大共和国的影响下只看出坏处，这是容易了解的。若是它对我们有什么好处，这事实是还没有证明的。在老英格兰，民治主义对于我们的传统和扎根很深的情感都是陌生的东西，到现在为止，它的前进的路线只留下了毁坏的痕迹。在这个名词中就有我们要畏避的东西；它就等于是民族的变节，等于否认我们用以得到荣耀的信仰。凭了他自己天性的规律，民治主义的英国人的情形是危险的；他用来指导他的粗野、放肆、跋扈的本性的那些理想，他都失去了；在生来从事高尚事业的贵族的地位，他安置了平民，他们生来是要做各种卑下事情的。而且在这高嚷自信的外表中，他常为疑惧所扰。

我们前面的工作不是容易的。我们失去这个阶级时，能够保持它所代表的观念吗？我们英国人是从来屈服于物质的，我们摆脱了那种旧时的联系时，还能在精神生活的范围内，保护它的意义吗？我们的眼睛不再恭敬看望那些陈旧的象征了，我们能够学着从灰衣的大众中选出人来，恭恭敬敬地将他放在一个地位，甚至比"直从全能的上帝得到贵族特权"的人还高吗？英格兰的将来靠着这个来决定。在过去的时代，就是我们的势利之徒也用他的方式证明我们轻视卑污；他至少幻想他所模仿的人不会做出下贱的事，不会有卑鄙的服从。但是我们看出来，势利之徒也在堕落了；他有了新的花样；他说着更粗鄙的言语。无论采取怎样的形式，我们总会常有他这类人，观察他的习惯，也就看出时代的倾向了。若是在他心底里没有一种活的理想使他的愚蠢有一种大方的意味，那真是要——"请执政官留意了"。[62]

23

N[63]来访。他在我这里住了两天，我愿他能住第三天。（三天以外任何人还会完全受欢迎，我可就没有把握了。就是最愉快的谈话，我的力量也只能支持到某种限度，而且不久我便愿意幽静，这就是休息）

莫说他的谈话，光是看看 N 便对我很好。若是外表可以相信，很少人比他从生活中得到更多的享乐。他的艰苦永远是不过度的；它们没有影响他的健康或刺痛他的精神；大概因为（如他自己所说）"身经磨炼"，他在各方面都是一个更好的人。他有一时必须苦干才可以得到一张五镑的票子，而且并不是总准有把握可以得到，这种回想显然对他现在的舒适增加了滋味。我劝他谈谈他的成功，并使我略窥成功在金钱上的意义。去年仲夏，他十二个月的收入超过了两千英镑。记得有些人凭笔赚多少钱，这当然没有什么可吃惊；但是在一个不向较下流的群众说话的作者，却是很好的了。一年两千英镑！我怀着惊讶和佩服看着他。

我认识很少成功的作家；在我，N 代表着文学成功的最好的、最光明的方面。无论一个人在幻灭一生之后怎样说，凭诚实合格的作品得到大笔收入的作者，依然是可以羡慕的少数人之一。想想N的生活。他所做的事没有别人能做，他做起来轻轻易易。一天两点钟，最好三点钟的工作——而且并不是天天如此——对他便够了。像一切写作的人一样，他也有他的不生产的时候，他的心里的焦虑，他的失望，但是这些和他的快乐而有效的劳作时刻，是谈不上比例的。每次我见他的时候，他看来健康都有进步，因为近些年来他运动得更多，并且常常旅行。他的妻和孩子都是很好的；想到他能够给予他们的舒服和愉快，一定对于他是一种不断的快乐；即使他死了，他的家庭也不会穷困。他愿有多少朋友和相识便有多少；性情相投的人在他的饭桌上聚会；他在远远的令人高兴的人家都受欢迎；有些人的称赞是有价值的，他们都称赞他。虽然有这一切，他还有见识避免显然的危险；他没有放弃他的隐居生活，他似乎还没有被好运惯坏的危险。他的工作对他不仅是一种赚钱的方法，他谈起手边正写作的书几乎还像旧时一样新鲜锐敏，那时他每年的入款不过二百镑。我也看出他的闲暇时间并不埋陷在现今的出版物中；他读的旧书和新书一样多，许多早年的热诚还保持着。

他是我衷心欢喜的一个人。我并不设想他很欢喜我，但是这和事情没有什么关系；他乐于和我相处的程度使他特意到德文来，已经够了。我对于他，自然是代表过去的时日，而且为这些时日的缘故，他总会对我感兴趣。因为比我小十岁，他一定自然认为我是一个老人；实在我注意到了，有时他不免太恭敬了一点。他对于我的有些作品觉得敬重，但是我准信，他认为我停止写作并不过早——这是很真实的。假若我不是一个这样幸运的人，假若我这时候还在为面包而劳作，大概我们相见的时候会很少；因为 N 是体贴人的，他会避免将他的高兴的富裕，摆在格拉布街[64]的污秽和阴暗前面；反之，我会憎恶地想到他为礼貌的观念维持我的交情。按实际的情形说，我们是很好的朋友，完全无拘无束，而且在两天中，彼此相见谈话真都高兴。我能够给他一间舒服的卧室，能拿还可吃的菜饭放在他的面前，满足了我的自尊心。若是什么时候我乐意接受他热诚的邀请，我可以不受道德的苦痛这样做了。

两千英镑！若是在 N 的年岁，我得到这样的入款，这对我会有怎样的结果？只有好，我知道；但是这种好会采取怎样的形式呢？我会变成一个爱交际的人、请人吃饭的人、俱乐部的会员吗？还是我不过早十年便开始过我现在所过的生活呢？多半是后一种。

在我二十岁以上的时候，我常自己心里说：我成为有一千英镑的人时，该是多好的事呵！我向来没有过这样一笔大款——或近似的数目——现在永远不会有了。可是我想，无论怎样幼稚，这并不是一种过分的野心呵！

我们在花园黄昏的光辉中坐着的时候，我们烟管的香味和玫瑰的香味混合了，N 用欢笑的口气向我说道："告诉我，你第一次听到得到遗产时是怎样的感觉？"我不能告诉他；我没有什么可说;没有当时的活现的回想回到我心头来。我恐怕N以为他自己不谨慎了,因为他很快就转到别的题目上去了。现在重想一番,我自然明白了,将那崇高的生活一瞬的感情用语言表现出来,是不可能的。制服着我的不是快乐;我并没有兴高采烈;我一点也没有失去自制力。但是我记得我深深叹了一两口气,仿佛突然解除了一种痛苦的负担或约束一样。只在几点钟之后,我才感觉到一种激动。那一夜我没有闭眼;第二夜比我记得二十年来所睡的都更久更熟。第一个星期有一两次我有种歇斯底里的感觉;我几乎止不住自己流泪。奇怪的是,这似乎发生在好久以前了;我似乎成了自由的人已经多年,不是只两年。实在,关于真正的幸福,我常常是这样想的:短期的和经久的完全同样令人满足。我愿在死以前享受到没有焦虑的自由,并在我所欢喜的一个地方安息。这赐给我了;即使我只享受一整年,我的享乐的总量,和活着尝味十年,也不差分毫。

24

来我的花园里掘地的老实人莫名其妙了,不知对于我的特别脾气怎样解释;他的眼睛转向我时,我往往看到一种惊讶的猜测神气。这都是因为我不愿让他照平常的样式设计花坛,使房前的一片小地方真正整洁,有装饰。一上来他以为这是因为俗陋，但是他现在知道了这不是正当的解释。我真正宁愿要一个连村人都以为羞耻的平庸破落的花园，他是不会使自己相信的，当然我也久已不替自己解释了。这个好人大概会得到结论：太多的书和幽居独处的习惯，多少影响了我的理智（依他说是"理由"）。

我所欢喜的园花只是十分旧式的玫瑰、向日葵、蜀葵、百合花等等，而且我愿意看到这些花尽量像野生的一样生长。干净整齐的花坛使我憎恶，里面所种的多数的花——起了古怪名字的杂种花——损伤我的眼睛。反之，花园毕竟是花园，我不愿将这些在小径和田野中给我安慰的花种到里边去。例如毛地黄这种植物——看到它们这样被移植会使我痛苦。

我想到这种植物，因为这正是它们盛开的时候。昨天我去到我年年这时候去看的小径，这是一条深凹下去的、有车辙的车道，两边的岸上满是水龙骨属植物的巨大的丛叶，并有榆树和樟树笼罩着，我从这走到凉爽多草的角落，那里有华丽的花在几乎和我一样高的茎上开放。我没有在别处看到过更好的毛地黄。我料想它们所以使我快乐，是因为早年的记忆——对于一个孩子，这是最有印象的野花；我不管哪一天都愿意走许多英里路去看一丛这样的好花，和愿去看水边紫色珍珠菜闪耀，或静池上漂浮着白色百合花一样。

但是园丁和我一到房屋后面，到菜蔬中的时候，便立刻彼此了解了。在这上面他觉得我是完全健全的。实在我说不定，菜圃所给我的快乐是否比花园给我的还多。每天早晨我在早餐前走过去,看看情形进行得怎样。看到豆荚膨胀起来,看到土豆秧的茁壮,甚至看到萝卜和水芹冒出来,都是一种快乐。今年我种了一丛洋蓟,它们有七八英尺高,看着那几乎像树干一样的茎,看着那美丽的大叶子时,我仿佛都得到力量了。红花菜豆也是令人高兴的,要再三去支撑它们,不然受累累的果实所压,它们会折断了。拿着篮子到它们之间去采摘,在我是一种享受;我觉得给我这样丰富的食物,大自然仿佛是向我表示仁慈一样。气味是多么新鲜而且养心怡性呵——尤其在一阵暴雨下了不久之后!

今年我有些很好的胡萝卜——尖细的又直又净,颜色看起来是一种快乐。

25

有两件事情使我的思想往往转往伦敦。我愿听到一位大师拉大提琴的悠长音调,或妙声唱出的没有缺点的声韵。而且我愿看画。音乐和绘画一向总是很有意义的;在这里我只能在记忆中享受它们罢了。

当然在音乐厅和展览室里有一种不舒服感。我从最好的音乐中所得到的快乐,因为必须坐在大众中,所以可以听到一个白痴在左手或右手,会被糟蹋了许多,图画的展览会在开始一刻钟使我头痛。"今我非昔我",那时我在顶层楼门前一等几点钟去听帕蒂[65]，而且直到音乐会终了，不知道一分钟疲倦；或者在美术学院，我惊讶地发现已经是下午四点钟了，我早餐之后便忘了吃饭。事实上现今不是我独自享受的东西，我都不大感到快乐。这听起来是脾气不好吧；我想象得到好人们听到这样自白时的批评。实在的，我应当为这觉得羞耻吗？

我常读报纸上论图画展览会的文章，是风景画使我最快乐。光是画的名字便往往使我整天高兴——这些名字使一片海岸、江边、泽地或森林的一闪，呈现在我的眼前。无论他的批评怎样无力，新闻记者普遍总颇有欣赏力来写这些题目；他的描写使我到各种的地方，这些地方是我的肉眼绝不会再看到的了，我为他的无意的魔术感谢他。这比真正去到伦敦，亲自看到那些画，还要好得多。它们不会使我失望；最小的英国风景画家我也敬爱；但是我会立刻看得太多，而且恢复我的老脾气；对于近代生活的情况发出疲倦了的怨语。一两年来我很少发怨语了——这对我更好。

26

近来我总想听音乐。一个偶然的机会满足了我的欲望。

昨天我不得不到埃克塞特去。我在差不多日落时到了那里，做完了我的事，又转身从温暖的暮色中步行回家。在萨瑟海（Southernhay）我从一所地下层的窗子全开着的房前经过时，里面发出钢琴的声调——有技巧的手弹出的和音。我停住脚步，希望着，于是过一两分钟音乐家弹起我最爱的肖邦[66]的《夜曲》——我不知道叫什么名字。我的心跳动了。我在那里站在逐渐加深的暮色中，美妙的音乐在我周围飘荡；享乐的狂欢使我颤抖。沉默使我等待着，希望再听一曲，但是以后没有了，我便走我的路。

我不能高兴听音乐时便听音乐，对于我是好的；不然偶然间得到的这样极度的快乐，我一定不会有。我继续向前走，将距离完全忘记了，还不以为走了一半时已经到了家，这时我对于我的不相识的恩人觉得感谢——这种心境在过去我常常经历到。有时候——不是在一贫如洗，却是在穷得还体面的时日——我所住的房屋里有人弹钢琴——发生这样的情形时，多么使我高兴！我说"弹钢琴"——这话包含的意义很多。我是很宽大的；用最广泛的解释可以称为音乐的东西，我都欢迎而且感谢；就是"五指练习"，我觉得有时也聊胜于无。因为是在我伏案工作的时候，乐器的音调是使我感谢，对我有帮助的。我相信，有些人在这种情形下会发狂；对于我，像是音乐的东西都仿佛是天降的福气；它调和我的思想；它使文字流畅。就是街上的风琴也使我的心情快乐；我有许多页书都为有它们才写成，不然那时我会沉陷于忧郁中了。

不止一次，我一文没有，惨惨淡淡，夜间在伦敦街道上行走的时候，开着的窗子里发出的音乐，甚至像昨天一样，也使我停步。在伊顿广场（Eaton Square）有这样的一刻我很记得，那天夜里我正回切尔西（Chelsea）去，被疲倦、饥饿、失望的感情所苦。我信步走了许多英里路，希望使自己疲累，可以睡眠、忘却。传来了钢琴的音调——我看到那家里在举行什么庆祝——在约一点钟的时间内，我大乐特乐，被邀请的客人没有一个能够这样的。我到了我的贫穷的住处时，我不再嫉妒，也没有欲望使我发疯了，却在我入睡的时候，感谢那个为我弹奏、给我平静的不识者。

27

今天我读了《暴风雨》(The Tempest)。这或者是我最爱的一篇戏剧，而且我自以为很熟悉了，打开书来普遍我总将它翻过去。可是，像关于莎士比亚常有的情形一样，再读一次之后，我发现我的知识并不如我所料想的完全。无论一个人活到怎样久，总会这样的；在人有力量翻书页，有心力阅读它们的时候，永远会这样。

我欢喜相信这是诗人的最后作品。是他在斯特拉特福德的家里写作的。他一天天在那教导他喜爱英格兰乡间的田野间散着步。它是至高的想象力的成熟果实，是一个大师的手所写的完全艺术品。对于一个终身的事务都在研究英国语言的人，注意莎士比亚写作时的巧妙的从容，是无上的快乐，他凭了这种从容，光在文字的运用上，便超过了其他一切人的各种成就，不和他相比，这些人本身就是伟大的。我可以幻想出来，他写《暴风雨》特别意识到这种力量，在他的精灵爱丽尔（Ariel）向他低声说出妙到无法模拟的字，声韵无比的短句诗，他微笑着。他似乎以文字为游戏，以发现新的文字妙用来自己消遣。从国王到乞丐，各种阶级，各种心性的人，都用他的嘴唇来说话；他说出了仙乡的传说；现在他高兴创造一个既不是人，也不是仙的，介乎兽与人性之间的生物，并赋予它表达意思的语言。这些语言多么富有潮湿繁殖的大地的风味，富有超出不了地面的生物的生活风味呵！我们对它没有充分思考；因为我们的欣赏力欠缺，我们的惊异是吝啬的。在我们眼前做出了奇迹，我们就不大留意；我们的心对它已经熟悉了，像对其他的自然界奇事一样，我们已经不大停下去思索了。

《暴风雨》包含所有戏剧中最高贵的沉思的段落；包含表现莎士比亚最后的人生观的段落，要想将他的哲学教训总括起来的人，是必要引证的。它包含他的最美妙的抒情诗，最温存的爱情的节段和仙乡的一瞥，我不能不以为这比《仲夏夜之梦》（*A Midsummer Night's Dream*）的最美处还要出色：普洛斯彼罗（Prospero）对"小山、河流、静湖和丛林的小妖们"的告别词。这又是一个奇迹；这些是反复不厌的东西。你无论怎样常常接近它们，它们都永远像从诗人的脑子里新创造出来一样新鲜。因为它们是完全的，从觉到缺点而生的厌腻，是绝不会使你发生的；它们的好处绝不会被完全尝味尽，至于在下一次接近时没有津津有味的刺激了。

在许多使我乐意生在英格兰的理由之中，用本国语读莎士比亚是其主要理由之一。若是我尽力想象自己是一个不能和他面对面相识的人，只听他远远地说话，而且他所说的语句只有经过智力的努力才能接触活动的心灵，这时我便有一种凄凉的扫兴，可怕的若有所失的感觉。我常想我能够读荷马，而且确实的，若是有什么人欣赏他的话，那便是我；但是我能够在一转瞬的时间内这样梦想：荷马将他的全部音乐给了我，他的文字对于我，像对于希腊还生存的时候，在希腊海岸上行走的人一样吗？我知道，经过这样大段的时间传达到我这里的，不过是微弱零碎的回响罢了；我知道，若不是和那些青春的回忆（它们仿佛是世界的原始光荣的一闪）混合在一处，这回响会更微弱。让每个国家从它自己的诗人得到快乐；因为诗人就是国家，就是它的一切伟大和甜蜜，就是人们为之生死的一切难传的遗产。我合起书来的时候，爱和敬占据了我的心。我的全心是倾向这个伟大的魔术家呢，还是倾向他在上面施用了魔术的岛呢？我不知道。我不能把两者分开来想。在这至美至上的声音所唤醒的爱与敬中，莎士比亚和英格兰是一体的。

一

秋

1

今年是很久都有阳光的一年，一月接着一月，天空冷酷的时候很少有：七月变为八月，八月变为九月时，我都没有大注意到。若不是我见到小径两旁点缀着黄色的秋花，我还以为是夏天呢。

我正忙着柳叶蒲公英；这就是说，我在学着尽力多识别，多命名。对于科学的分类我是不大关心的：这和我的思想习惯不适合；但是我在散步中所遇到的每种花，我都愿意说出它的名字（宁要"俗名"）。为什么我满意说，"哦，这是一棵柳叶蒲公英"呢？因为，这比将一切黄颜色的花都统称为"蒲公英"要略亲切一些。我觉得，仿佛我识别它的个性，花都高兴似的。知道我对它们全体欠多少恩，我最少要能够对它们分别致候。为同一原因,我宁愿说"柳叶蒲公英",不说它的拉丁文属名;更家常的名字有更多的和爱的友谊。

2

有时突然动心要读一本书,或者不知道所以然,或者也许由于最轻微的暗示。昨天我在黄昏时散步,我到了一所旧的农家房屋;园门跟前有一辆车停在那里等待着,我看到是我们的大夫的二轮单马车。走过之后,我又回头看望。烟囱那面的天空中,有淡淡的晚霞;上面一个窗子有灯光闪动着。我自言自语地说声《项狄传》(*Tristram Shandy*)[67]便匆匆回家,埋头在有二十年不曾打开的这本书里了。

不久以前,有天早晨我醒来,突然想到歌德和席勒[68]的通信;我很急于要打开这本书,竟比平常早起了一点钟。是值得为它起来的书;比使约翰逊起来的老伯顿[69]要值当得多。这种书帮助我们忘却周围的随处都有的无聊或毒意的闲谈,并且教我们对于"有这样好人在其中的"世界怀着希望。

这些书我是手边有的;我渴望它们的时候,便能立时从我的书架子上拿下来。但是往往我心里想到的书要费麻烦,经过耽搁才可以得到;我惋惜地叹叹气,将这思想抛在一旁。唉!那些永远不能再读的书籍。它们给予快乐,或者给予其他更多的东西;它们在记忆中留下一种芳香;但是生命永远从它们旁边过去了。但我只一沉思，它们便一本一本地现在我的眼前。温和使人安静的书；高尚鼓励人的书；很值得不仅一次，却多次细读的书。可是我永远不会再将它们拿到手里了；年月飞逝得太快，为数也太少了。或者在我躺着等待寿终的时候，有些失去的书会来到我的迷离的思想中吧，我将像对于对我有恩的朋友一样纪念它们——在路上过去的朋友。在这最后的话别中，有着怎样的惋惜呵！

3

有一种常常使我莫名其妙的心理的花样，我料想人人都是难免的。我在读书或思想，突然没有任何我所能发现的联想或暗示，我所知道的一个地方幻象便现在我的眼前了。解释不了为什么那个特殊的地方会在我的眼前显现，脑子的冲动是很微妙的，什么研究也追求不出它的原始。若是我在读书的时候，无疑的眼前书页上的思想、短句或甚至一个字，都可以唤醒记忆。若是我在做别的事，一定是所见到的一种物件、一种气味，或一种触觉；或者甚至身体的姿势也足以回想起过去的事。有时候幻象过去，便完了；不过有时候，幻象之后还有幻象，记忆完全不听意志支配地工作着，而且一种景物和另一种之间并没有连锁。

十分钟前，我和我的园丁谈话。我们所谈的是土壤的性质，它是否适宜某种菜蔬，突然我发现自己在凝视着阿伏洛纳（Avlona）[70]海湾。我的思想没有向那方向去，是十分确定的。呈现到我眼前的图画使我大惊，我现时还在枉然要发现我怎样会看到它。

我看到阿伏洛纳是幸运的机会。我在从科孚（Corfu）[71]到布林迪西（Brindisi）[72]的途中。轮船下午很晚的时候开行；有一点风，因为十二月的夜变冷了，我不久就进了舱。天一亮我便到甲板上来，希望看到我们靠近意大利的海港；使我一惊，我见到多山的海岸，我们的船正很快地向那里开。一探听，我知道这是阿尔巴尼亚的海岸。我们的船因为不堪经得起海中的风浪，风又有点刮（虽然还并不到使任何旅客不舒服的程度），船长在几乎过了亚得里亚海一半的时候，转回船，又到那顶上有雪的山的遮蔽处寻求避难所。不一会我们便进了一个大的海湾，在它窄狭的进口有一个岛。我的地图指示我知道我们是在什么地方，而且我很有兴趣地发现，在南边保护着海湾的一串高峰便是阿克洛塞洛尼亚岬（Acroceraunian Promontory）[73]。高高地在内岸可以看到一个小小的城市，便是古奥龙（Aulon）。

在这里我们停泊了，停了一整天。食物缺乏了，得派船上岸，和其他东西一起，水手们买了些特别令人厌恶的面包——据说是在日光中烘的。天空没有片云，直到黄昏，风都在我们头上呼啸，但是我们周围的海却是又蓝又平的。我在炎热的太阳光中坐着，眼睛享受着树荫深浓的海岸上美丽的峰和谷。以后便是辉煌的日落；以后夜轻轻地爬进山谷。山这时染成最艳最深的绿色了。一个小小的灯塔开始发光了,在完全的静默中,我听到浪轻轻击着海岸发出潺潺的声响。

日出时我们进了布林迪西港。

4

英国诗的特别精神是对于自然的爱,尤其是在英国乡村风景中所见到的自然。从我们文字开始时的《布谷歌》[74]到丁尼生[75]的最好的诗的最可爱处,永远有这个音调。就是在戏剧的胜利中,也依然这样。从莎士比亚的著作中,将他的自然描写的断片,将他偶然提到乡村生活各方面的地方去掉,要有怎样的损失呵!抑扬格的对句限制了,但却压灭不了这种固有的音乐;尽管有蒲柏,还是出现了《黄昏颂》和《墓场挽歌》[76]。在我们全部抒情诗的宝库中,思想的美和词的高贵没有超过这篇挽歌的,它或者是最表现英国特性的歌吧。

这种民族心理的特性,甚至引起了一个英国的画派。它发生得迟;它终于发生了,却是很可注意的。再没有一个民族,表面上更不适于这种成就了。英国人对于草场河山的快乐是这样深,最后不满于声音的表现,他们拿起画笔、铅笔、蚀雕的器械,创造了一种新艺术。国家美术馆只用很不完全的方法代表我们的风景画的丰富和变化。假如能够搜集,并适当陈列各种门类的最好作品,我不知道在英国人的心里哪一种感情会最强——狂欢呢,还是骄傲。

透纳[77]长期被忽略的一种显明的原因是,他的天才仿佛并不真正是英国的。透纳的风景画,即使在表现熟悉的景物时,也不在熟悉的光彩中显示它们。无论是艺术家或明达的诗人都不觉满足。他给予我们灿烂的景象;我们承认这灿烂,但是我们认为重要的东西,却觉得不足。我怀疑透纳是否尝味过乡野的英格兰;我怀疑他心里是否有英国诗的精神;我怀疑我们称为美丽的普通的事物的要意,对于他的灵魂是否显明了。这种怀疑并不影响他作为色和形的诗人的伟大,但我猜想这总是英格兰不能爱他的原因。若是我明明知道有头脑的人向我自白,他更欢喜比尔凯特·福斯特[78],我会微笑的,但是我也会了解。

5

我很久没有在这本书里写什么了。九月里我着了凉,病了三个星期。

我没有受苦;只是发烧,软弱,不能为任何事用心,除了每天一两点钟轻松的阅读。天气不宜于我康复,湿风常常刮着,没有很多太阳。躺在床上,我观看着天空,研究云彩,若果不只是灰白的水汽,而真正是云彩,它们总有着它们的美。不能读书一向是我的恐怖;有一次目疾几乎使我害怕瞎眼而发了疯;但是我觉得在我现在的情形中,在我自己安静的房屋里，不害怕什么打扰，没有什么工作或焦虑使我担心，就是没有书籍的帮助，我也可以并非不愉快地将时光度过。我在受束缚的时期所不知道的幻想，给予我安慰；我希望它也略增了我的智慧。

因为确实不是凭了存心的努力思想，人才变聪明。人生的真理不是被我们发现的。在没有预先料到的时候，一种慈爱的影响降临到我们的灵魂上面，感动使它发生一种情绪，我们不知道怎么样，头脑就将这变成了思想。这情形，在各种感觉全沉静下去，在生命都对不动情的冥想降服时，才可以发生。无为主义者的心情我现在了解了。

当然我的好管家伺候我十分周到，不必要的谈话减到了最低限度。了不得的妇女！

若是好好度过的生活，只有在"荣誉、爱、服从和许多朋友"[79]中才可以看出明证，显然我的生活连中庸的理想也没有达到。朋友我是有过的，现在还有，不过很少。荣誉和服从——牵强一点，M太太也许可以代表这种幸福吧。至于爱呢？

我来将实情告诉我自己吧。我果真相信，在我生活的任何时期，我是值得人爱的一种人吗？我想不是。我太自我专注了；我对周围的一切太批评了，太不合理的骄傲了。我这样的人，生和死都是孤独的，无论表面上显得怎样有同伴。我并不为这事后悔；不，一天一天地在幽静和沉默中躺卧着，我倒觉得高兴以前是这样了。至少我没有给人添麻烦。这就很有意义了。我很认真地希望在以后没有长期的疾病等待我。愿我从这静静享乐的生活,迅速进入最后的平静。这样可以没有人怀着痛苦的同情或厌倦来想我。无论临终怎样,一个、两个,甚至三个人也许会觉到惋惜,但是我并不妄以为,他们除了隔很久对我有好意的想念之外,还有什么。这已经够了;这表示我没有完全错误。而且想到我的每日生活,证明我从别人得到我绝没有梦想配得的好意行为时,我不是可以很超出满意以上吗?

6

没有受经验挫折便变成谨慎的人,我多么羡慕他们呵!这样的人似乎并非不常有。我并不是说那些在生活可能性的利害上冷血地去计较的人;也不是说那些没有充分想象力离开安全旧道的笨伯;却是说那些聪慧并且心地宽宏的人,他们似乎总被常识领导,他们稳稳地从生活的一个阶段到另一个阶段,做着正当谨慎的事,不犯妄想的毛病,因为自然地进步而得人敬重,自己少有需要人帮助的时候,却常常对别人有帮助,并且在一切经历中总是性情和蔼、从容、快乐。我多么羡慕他们呵!

因为关于我自己可以说,一个没有钱的人所可以犯的糊涂事,我都在不同的时期犯过了。在我的天性之中,似乎没有合理的领导自己的才能。少年和成年的时候,在我的道路上见到的沟和泥地,我都错误地陷入。没有一个糊涂人收获过这样的经验;没有人为这能显出同样多的伤痕。抨击,抨击——我刚从一顿痛打中还没有恢复,我又走上遭第二次痛打的路了。"不合实际",说话和缓的人这样说我;"白痴"——我准信有许多更无礼的舌头会说。我看我自己也是白痴,无论什么时候我向那曲折的长路回顾。显然从开始我便缺少一种东西,一种别人或多或少具有的平衡的元素。我有头脑,但是他们在普通的生活环境中对我并没有帮助。若不是为了将我从迷津中拖出,并把我安置在乐园里边的好运气,毫无疑问我会一直错到底。最后的经验的打击,正在我要变成真正谨慎人的时候,会将我打倒的。

7

今早晨的日光在慢慢聚起来的云彩中消失了,但是它的光辉似乎还有些流连在空中,照着轻轻落着的雨。我听到打在园中安静叶上的雨声;这种声音是使人安静的,并使心从事宁静的沉思。今天我接到德国老朋友 E. B.[80] 的来信。在许许多多年中,这些书信都是我生活中一件愉快事;还不仅这样,它们常给我带来帮助和安慰。两个国籍不同,二十年彼此没有见过两次的人,在大半生中继续着友谊的通信,一定是一件稀有的事。我们初次在伦敦相见时都是青年,贫穷、挣扎、满怀希望的理想；现在我们从生活的秋季回顾这些辽远的记忆。今天是用安静满意的情调写的信，这对我很好。他引歌德的话："人在青年时期希望的事，他在老年成就。"

歌德的这句话有时对于我是一种希望；以后它使我不相信地摇头；现在我微笑着想，它在我自己的情形中证明出是多么真实呵！但是这话确切是什么意思呢？它只是乐观精神的表现吗？若是这样，乐观主义已经以颇为可疑的概论为满足了。多数人看到他们青春期的愿望在以后的生活中满足——真可以这样说吗？十年以前我会完全否认，而且能拿出我认为否认它的证据。关于我自己，不是仅凭了幸运的偶然，在一切我最希望的享乐中度我的晚年吗？偶然，但是没有这样的事。若是我赚到了我现在用来过生活的钱，我也满可以同样称为偶然。不错的，从我的成年期的开始，我便渴望着学者风的悠闲；这成为青年人心里希望之一的时候确实都很少有，但是这或者是可以最合理地期望以后得到满足的希望吧。不过那些为了金钱所代表的权利、自尊和物质的满足，而目的仅在发财的大众，却怎么样呢？我们很知道，在这种目的上成功的人实在很少；失了这个，他们岂不就失掉了一切吗？对于他们，歌德的话岂不只是一种嘲笑？

应用到人类的全体上，这话或者毕竟是真实的。国家的兴旺和满足这个事实，一定包含组成国家的大多数个人的兴旺和满足。换句话说，过了中年的普通人都得到了他们所努力的东西——职业上的成功。在年轻的时候，他或者不会这样中庸地提出他们的希望吧，但是事实上，他的希望不就是等于这样吗？拥护乐观主义的观点，我们可以辩论说，遇到心怀抱怨精神的老人的时候是何等稀少。不错的，但是有才能的人必须使自己屈服于生活的环境，我总认为是一种无限悲惨的事实。满足的意思常常就是罢念，就是将受禁止的希望放弃。

我不能解决这个疑团。

8

我在阅读圣伯夫[81]的《波尔-罗雅尔》(*Port-Royal*)，这是我常常想读的一本书，但是书的长，和我对这时代的无甚兴趣，总使我不去接近它。幸而机会和心情一致，我为颇值获得的一点知识更为丰富了。我们可以合理地说，这是一种偏于教训的书。和"波尔·罗亚尔的先生们"生活一会之后，我们变得更好了；他们中最好的实在离天国不远。

他们的基督教确实已经不是最初时代的基督教了；我们是在神学家之中，武断的教义已经使清晨的神圣的颜色黯淡了，可是还常常吹来一阵凉爽新鲜的空气，它仿佛没有吹过人的普通世界，不带死亡的臭味。

一陈列馆庄严而且感动人的画像。灵魂伟大的德·圣西兰 (Saint-Cyran) 怀着他的基督复活的幻象；勒梅特（Le Maitre），他在赫赫的事业的顶点，离开人世去沉思悔过；帕斯卡（Pascal），他有天才和胜利，有灵魂的冲突和肉体的苦恼；朗斯洛（Lancelot），好朗斯洛，理想的教师，他著文法书并编古典的书籍；有精力的阿尔诺（Arnauld），学者的风度胜过圣者，但为内心的信仰长期吃着苦；还有一些较小的名字——瓦隆·德·博普伊（Walon de Beaupuis）、尼科尔（Nicole）、哈蒙（Hamon）——极谦恭和蔼的人——在我们读着关于他们的事时，一阵香味从书页飘出。但是我最爱的却是蒂耶蒙（Tillemont）；我甚至可以愿自己过他那样的生活；包在沉默和安静中，一种温和虔诚并热心研究的生活。他说从十四岁起，他的智力只用在一件事上，便是宗教史。四点钟起来，他写读一直到晚上九点半，中间打断工作的时间只是为做日里祈祷，和中午用两点钟呼吸空气。他外出的时候很少。他不得不出门的时候，便徒步出发，手里拿着杖，自己唱一首赞美诗或雅歌来减轻路途的疲劳。这个极渊博的人心地极为纯洁单纯，他爱在路旁站住，和儿童们谈话，并知道在教训他们的时候，怎样吸引住他们的注意。看到一个男孩或女孩看管着一头牛，他会问道："你一个小小的孩子，怎样能管得住大得多，强得多的兽呢？"于是他便谈到人的灵魂，指示出理由来。关于蒂耶蒙的一切，对于我都是新颖的；虽然我从吉本的书里很知道他的名字，我不过想他是一个勤劳正确的历史材料的编纂人罢了。他的作品虽然可敬佩，值得注意的却是他作这作品的精神，他为学问而研究，除真理之外没有目的。他的学问是否会为人所知，在他是完全漠不关心的事，而且他随时都可以将他劳力的结果，送给任何可以利用它们的人。

想想詹森（Jansen）[82]的教徒们在其中生活的世界，投石党（Fronde）[83]人的政党，黎塞留（Richelieu）[84]、马萨林（Mazarin）[85]和赫赫的路易十四陛下的世界。拿波尔·罗亚尔和凡尔赛相对照，无论我们对于前者的宗教和教会的目的批评如何，我们不得不说这些人庄严地生活过。相形之下，伟大的君主只是一个可怜的、卑下的人物。我们想到拒绝葬莫里哀（Molière）[86]的事——国王对于不能再使他娱乐的人那种轻视的淡漠，是衡量君主的伟大的真尺度。和那些庄严虔诚的人中最小的人物一对照，这些宫廷的人物都显得多么渺小不洁呵；尊严不在那些宫殿的房屋和堂堂的花园里面，却在这些孤独者在那里祈祷的陋室里面。无论是否是人类的理想，他们的生活是配人过的生活。有什么能比值得这样称赞的生活更珍贵呢？

9

对科学的实证主义所起的各种浅薄的反动，看起来是有趣的。"不可知论者"（这很流行一时）这样好字眼的发明，特别表明了达尔文[87]的胜利。但是作为一种时髦，不可知论是太合理了，不能经久，于是有了东方魔术的流言（世界是怎样反复重谈旧调呵！），立刻一帮没有更好的事情可做的人，便闲谈起"密宗"来了——"密"这个形容字在客厅里说起来蛮好听。这就连对于追求新奇的人也没有支持很久；因为英国人觉得密宗思想太外国味了。有人提示，旧时有着家常联想的转桌术和招魂术，可以用科学的光重加检验，这意思便立刻被人抓住。迷信在大学教授的眼镜里炫耀，它建起实验室，并印出庄严的报告。它的范围一天一天地扩大。催眠术给制造奇迹的人带来材料，于是接着便有一长串蹩脚的希腊字——不到练习得完全之前，略有一点难读。另外一个幸运的术语家碰到了"超自然现象"这字眼，于是科学时代的时髦孩子们便完全安了心。"你知道，必定有点什么；我们总觉得必定有点什么。"若是我们可以从所读的东西加以评断的话，灵的"科学"在心安理得地和中世纪的巫术握手了。据说对于喃喃自语的巫人这是发财的时刻。若是禁止算命的法律在上流社会中和偶然在陋巷小村中一样严格执行，我们会有一个很开心的时候。但是对于一个传心术的教授难得起诉——而且他会多么欢迎这个广告呵！

当然我很知道，动用这些字眼的人并不完全属于同一类。对于健康和患病的人心灵有一种研究，它和其他尽责而且精明从事的研究同样令人敬重；它给小人和坏人机会，并能成为反对任何诚实的思想趋向的理由。有些我们不能不敬重的人，正深刻地从事心灵的考察，并且他们深信已经接触了些现象，不是用一般接受的人生法则所能解释的。就算是这样吧。他们也许在感官以外的世界中就要有什么发现了。在我呢？这类的事情不仅不使我感兴趣；我并且很厌恶地从它转过脸去。若是灵学所检验的每个神奇的故事,都有无可否认的证据证明它的真实,放在我的眼前,我的感情(称为我的成见吧)也不会有任何改变。我会一点不差,对于下一次这样的故事打哈欠,而且将叙述放到一边去,怀着——是呀,怀着一种憎恶。"来一两好麝香,好药剂师!"[88]为什么我会这样,我说不清。我对于灵学的事实或幻想的淡漠,就如我对于最近的电气的机械应用是一样。爱迪生和马可尼[89]辈可以用惊人的新奇东西使世人震惊;他们使我像别人一样惊异,但是立刻我便忘记了我的惊讶,在各方面都和以前的我一样。这事情和我毫不相干,若是明天证明了所宣布的发现是新闻记者的错误杜撰,我连一伏特(Volt)的心也不关。

那么,我是一个顽固的唯物主义者吗?若是我有自知之明,并不是。有一次和 G. A. 谈话,我说到他的立场是不可知论的。他纠正我,"持不可知论的人承认在人的知识范围之外,或许可以有点什么;我不能有这样的承认。在我,不可知的就是不存在的。我们看到了存在的东西,也就是看到了一切了"。这使我惊骇,一个这样聪明的人能够持这样的见解,我看来似乎是不可信的。对于我自己和我周围的世界,无论是科学的或是其他的解释,都很难使我满意,没有一天我不在宇宙的神秘之前感到惊异。吹嘘人类知识的胜利,在我看来比幼稚还要坏;现在和旧时一样,我们只知道一件事——就是我们什么也不知道。什么!我能从路旁折一朵花,并且在我看望它的时候觉得:若是我知道了关于它的组织学、形态学等等的知识,我就会穷尽了它的意义了吗？这些除了文字、文字，还是文字之外，还有什么呢？作为观察确是有趣的；但是，越有趣，也就是越引起惊讶，和无希望的询问。我们可以看望，思想，一直到脑子打了转——直到手里的小花变成了和天空的太阳是一样难忍的奇迹。没有什么可知道的事吗？花只是花，就算完了吗？人只是进化定律的产物，他的感官和智力只足以使他领会到他成为其中一部分的自然机构吗？我觉得很难相信这是任何人心所怀的信念。我倒宁愿认为，对于一种本可解决的问题绝望，或者对于自称解决了这问题的人们的不耐烦，使人除了物质的事实之外，对其他的一切都绝对置之不顾，所以终于成了一种似乎是愚钝的自欺。

10

我们称为不可知的，永远是不知，是很可能的。在这种思想中，不是有一种文字所不能形容的凄惨吗？也许人类将要生活而且过去；全人类，从在世界的黎明期，首先对自己恐惧的心，创造出生活主宰者的影像那个人起，到在最后时代的暮光中，将在石的或木的神祇前匍匐的人止，在这个长的系统中，没有一个人知道他生命的缘由。先知，殉道人，他们的高贵的苦痛是枉然的，没有意义的；聪慧的人，他的思想向永恒的努力，只不过是一场空梦；心地纯洁的人，他的生活是活上帝的幻象，受苦的悲痛的人，他们的安慰是在来世；受不公道牺牲的人，他们向至上的审判者呼号——全体都走进沉默中去了，产生他们的地球在无声的空间又死又冷地转动着。这种悲剧的最悲剧的方面，是这并非是意想不到的灵魂反抗，但是不敢在这种反抗中，看出有更高命运的把握。这样来看我们的人生，不是更容易相信，这个悲剧演出时没有旁观者吗？实在的，实在的，能有什么旁观者呢？也许会有一天，对于一切生活着的人，最神圣的名也将不过只是一个空的象征，被理智和信仰拒绝了。可是悲剧还要演下去。

我说它并非是意想不到的；但这并不就等于说：人生除了对于人的智力所含有的意义之外，便没有意义。智力本身便拒绝这样的假设——在我呢，用不耐烦和轻视的心来拒绝。我所知道的关于世界的理论，没有一种我不是认为一时也不能接受；可以使我安心的解释，我想不到有这样的可能性；但是我一点也不差地深信：有一种万有的理性；它超出我的了解，连一闪的光明也不会和我的理解接触；一种必须包含创造力的理性；因此，就在它是我的思想的一种要素时，也被思想所批评而归于乌有。关于我们对时间和空间的无限的观念，也有类似的矛盾。理性的进程是否达到了最后的发展，谁能说得定？或许在我们看来是通不过去的思想的限度，其实不过是人的历史中另一早期阶段的条件。将这些作为"未来境地"的证明的人，必须在那未来中假设出层次；不大能超出野兽以上的野蛮人，和文化最高的人一样进入"新生活"吗？这种心灵的暗中摸索证明我们的无知；奇怪的事情是，这种摸索竟能被人拿来证明我们的无知是最后的知识。

11

可是将来的人的心智或者就是这样子；若不是他的智力的进步的最后成就，至少也是被认为最后的，一段很长时期的自满。我们谈论着"永远渴望的灵魂"，我们认为一种宗教过去，另外一种宗教当然要发生。但是人若立刻发现了自己没有精神的需要，又该怎么样呢？他的生命的这样改变，不能认为是不可能的；我们现今的生活上有许多征候都似乎指向这一点。若是自然科学所赞成的思想习惯能够十分深入，而且没有什么灾难阻止人类向物质满足前进，真正实证主义的时代是可以发生的。那时候，"认识事物的原因"将成为公共的特权，超自然这字眼将变成没有意义；迷信是被模糊了解的早期人类的特点；而且现在我们认为有惊人的"神秘"存在的地方，一切都澄清平静，像几何的证明一样。这样的"理性"时代，可以是人世所知道的最幸福的时代。实在的，一则是这样，或者根本就不会实现。因为痛苦和悲哀是玄学大师；而且记着这个，我们对于唯理主义者的一千年最幸福时代，便不能很信靠了。

12

斯宾诺沙[90]说，自由的人想到死的时候，比想到任何事情的时候都更少。就他的意义解，我不能说自己自由。我很常想到死，这思想确实总在我心底里藏着；不过就另一意义解，我确定是自由的，因为死并不在我心里引起畏惧。有一时期我是怕死的；但是这仅只因为对于依靠我的劳力为生的人，死是一种灾祸；生命的终止本身从没有力量使我苦恼。痛苦我不大能忍受，而且想到受长期的死床上苦楚的试验，我实在畏惧。一个人在重压或挣扎的一生中，用勇敢的镇静应付了命运，在要临终的时候，会被一种弱点所羞辱，而这弱点不过是疾病，是一件可悲的事。不过幸而我不大被这种黯淡的预告所苦。

我散步时总常走出正道，穿过一个乡村的墓场；我觉得这些乡村的休息地可爱，就和我觉得城市的坟地可憎是一样。我读碑上的名字，想到对于他们这些人，生活的苦恼和恐惧算过去了，得到一种很深的安慰。我并没有一点忧伤；无论是孩子或老人，我都有他们到了幸运的终途的感觉；终场来到了，同来的是平静，迟或早有什么关系呢？没有像"葬于斯"这样堪庆幸的事。象征死亡的尊严是没有的。在人类中最高贵的人所踏的路上，他们随着去了；生活着的人的最高要求，他们得到了。我不能为他们悲哀，但是想到他们逝去的生活，使我动一种弟兄的温情。死者在树叶笼罩的静默中,似乎向还流连着的人低声鼓励:我们这样,你将来也要这样;看看我们的安静!

13

许多次,在我生活艰难的时候,我便求救于斯多亚派的哲学家,也并不是完全枉然。马可·奥勒留[91]的作品便常常是我床边的书籍之一;在深夜里,在我因为不幸不能入睡,在我确实也不能读别的书的时候,我读他。他没有移去我的重荷;他的证明人世烦恼无益的证据,对于我没有用处;但是在他的思想中有种安慰人的和谐,部分地使我的心沉静了,而且光是要得到力量来模仿那个高尚榜样的愿望(虽然我知道我永远不会做到),也便可以保证不幸时更卑下的冲动不会发生了。我现在还读他,不过不是怀着混乱的情绪了,我想着他的人胜过想着他的哲学,将他的影像亲切地怀在内心的深处。

自然,以为我们对于绝对的东西有种知识这样的假定,使现今的思想家不能主张他的学说。相信人运用理智可以和世界的灵魂交往,是一种高贵的信仰;但是正因为我们不能在自身中找到准确可靠的指导,所以我们现今才接受贫乏的怀疑主义的命运。不然的话,斯多亚派哲学家以为人在宇宙的组织中居于附属地位的观念,和支配一切的命运的观念,使他和我们自己的哲学观点接触，而且他的关于人的"社会"性的学说，关于人与人之间的相互的义务的学说，和我们这时代的更好的精神是完全契合的。他的宿命论不是仅只听命而已；人无论命运如何，不仅要接受它，认为是无可避免就算了，却也要欢乐地、赞颂地接受。为什么我们到这里来呢？为了使马出生，使葡萄树生存的同一缘由：演大自然分派给我们的一个角色。因为了解事物的秩序是在我们的力量之内的，所以我们可以依照这个来指导我们自己；意志对于环境虽然是没有力量的，却可以自由决定灵魂的习惯。第一个责任是自我训练；和它相当的第一个特权，是一种天生的对于生活定律的知识。

但是我们遇到了那个坚持的追问者，他不接受任何演绎的假定，无论它的性质怎样高贵，趋势怎样有益。我们怎么知道，斯多亚派哲学家的理智，和世界的定律一致呢？我或者可以从很不同的观点来看人生呢；对于我，理智所指示的也许不是自我抑制，而是自我放纵；我也许在一切情感的自由活动中，看出一种生活，和我所认为的大自然的指示，要和谐得多。我是骄傲的；大自然使我这样，让我的骄傲自行立足。我是强壮的；让我拿出我的力量，弱者命该在我面前跌倒。反之，我微弱，我便吃苦；硬说命运是公正的，使我镇静，使我欢喜接受这种被践踏的劫数，有什么用处呢？不行的，因为在我的灵魂中有种东西吩咐我反抗，并且对我所不知道的一种力量的不公平叫嚷。即使说我不得不承认有一种事物的计划，它无论我愿或不愿，强迫我做这件事或那件事，我怎么能准知道,智慧或道德的责任是在听从呢?不停止的追问者这样问;对于他实在无话可答。因为我们的哲学不再见到至上的认可,不再听到宇宙的和音了。

"不公正的人也是不虔诚。因为宇宙的大自然,创造一切合理的生物彼此相依,使得他们互有益处;依照各人和机会或多或少;但是绝不互相损害;显然违犯了他这个意思的人,便是对于最古最可敬的神祇,犯了不虔诚的罪。"我多么乐意相信这话呀!不公平便是不虔诚,实在是至上的不虔诚,我至死都要主张;但是假如我用这样的推理来支持我的信仰,那会只是假装出一种高贵的感情。我没有见到一个有力的证据,证明公平是宇宙的定律;我看见无数的暗示,偏向于证明情形正是相反。我倒不得不相信,人用一种意想不到的方式,在他的最好的时刻代表着一个规律,和我们所知道的世界中通行的规律暗暗冲突着。若是公平的人实在是最古神祇的崇拜者,他必须或者假设他的崇拜对象属于衰亡的朝代,或者假设在他内心里燃烧的神圣的火,是一种"未见的事物的明证"[92]。我若两种假设都不能,怎么样呢?还有着无希望而坚持主张的尊严——"但是失败的方面使加图高兴"[93]。不过在这里怎能发出赞颂呢?

"一切人公有的大自然送给每个人的东西,对于每个人便是最好的,在他送给的时候,便是最好"。必然的乐观主义,而且或者是人所能达到的最高智慧吧。"记住了,只有有理性的生物才可以乐意而且自由地屈服。"这个高尚的主旨的令人信服，没有人比我更觉得了。这些字向我歌唱，人生被一种温柔的光辉照耀着，仿佛那边秋天落日的光辉一样。"想想人人的生活怎样只是时间的一瞬，所以温顺而且满意地离去吧；甚至像成熟的下落的橄榄应当赞颂产它的大地，并感谢生它的树一样。"时刻到来，我愿这样想。这是紧张努力的心情，但也是休息的心情。这比从学来的淡漠所生的镇静（假如这对于人是可能的话）要好；比冥想未来的幸福，轻视人间之苦的狂热也要好。但是，这不是努力可以得到的，是未知的力的影响；是一种像晚间的露一样落到灵魂上的平静。

14

我发了一次很凶的头痛病。在一天一夜中我受着盲目的苦楚。现在用斯多亚派的救济法看一看。身体的疾病不是坏事。有一点决心，认为它是自然过程中一种自然的结果，痛苦是满可以忍受的，我们的安慰是，记住它不能影响灵魂，灵魂是有永久性的。身体只是"心神的衣服或茅舍"。让肉体受痛苦去；我，本我，要站在一旁，成为我自己的主人。

同时，记忆、理智、我的智力部分的各种官能，都渐被淹没在模糊的忘却中了。灵魂和心神是不同的东西吗？若是这样，我完全意识不到它的存在了。在我，心神和灵魂是一个，而且我太受感动地被提醒；我生命中的这种成分就在这里，在脑子颤动并剧痛的地方。这样的痛苦再增多一点点，我便不复是我了；代表着我的身体，它会做手势和谵语，但是它的动机，它的幻想，我可就毫无所知。太显然了，所谓我，就是身体的各成分的一种平衡，我们称之为健康的。就是在头痛轻轻开始的时候，我已经不是我自己了；我的思想不走常态的路线，我觉到不正常。几点钟之后，我只是一种行动着的疾病；我的心神——假如我可以用这个字——变成了个手风琴，不断反复着，像碾粉一般拉出一两节无聊的音乐。

这样对待我的灵魂，我对它能有怎样的信心呢？我要说，正是和对于感官的信心一样，关于我在其中生活的世界，我从感官知道我所知道的一切，而且我或者可以说，它们在普遍运用时，比在我有力试验它们的某些场合，也许欺骗我更甚；只有这样的信心，一点也不多——若是我主张心神和灵魂只是身体的微妙功用这个结论并不错；若是我身体的机构有些部分一混乱，我的神志立刻也就混乱了；并且看到我内心"具有永久性"的东西，使我闹出很少有无限智慧风味的把戏来。即使在常态的情况下（假如我可以断定什么是常态情况），我的心神也显然是琐细小事的奴隶；我吃了点和我不合适的东西，突然我的生活全面改变了；这种冲动失去了力量，另外一种在以前我绝不会怀的冲动，对于我成为最有力的了。简单说，我关于自身所知道的，和关于永久的本质所知道的是一样少，而且我有一种常扰我不安的猜疑，就是，我也许只是一个自动机器，我的每一种思想和行为都由一种利用并欺骗我的力所支配。

为什么我不像一两天前一样，享乐自然的人的生活，和自己同世界都相安无事，却来这样沉思呢？显然只是因为我的健康受了暂时的不适。这已经过去了；关于不可思议的我已经想够了；我觉得我的安静渐渐恢复了。我渐渐又健康起来，是我的长处吗？我可以用任何样意志的努力避免了陷阱吗？

15

密密悬在树篱上的黑莓使我想起好久以前的事。我总算逃脱到了乡间，在长途的散步中开始觉得中午的饥饿了。路旁的黑莓正在结果；我随摘随吃，一直吃到看见了可以在那里吃饭的客店。但是我的饥饿已经得到了满足了；我不再需要什么了，而且在我想着这事的时候，一种奇异的惊讶感，一种迷糊的感觉突然来到我的心头。什么！我吃了，吃得很饱，并不付钱。——这是可能的吗？这使我觉得是一件异常的事。那时候，不断使我心神不定的事便是怎样弄钱使自己活着。许多天我受饿，因为我不敢将我所有的一点点钱花掉；我所能够买的食物怎样也是不满足的，无变化的。但是在这里大自然给我宴席，这似乎是美味的，而且要吃多少便吃多少。这惊异经过的时间很久，现今我还可以记起它、了解它。

我想，要知道在大城市中很穷是什么意义，不能有更好的例证了。我经历了这样贫穷，我是高兴的。我现在所享受的满足，有许多要归功于这些不幸的时日；不是仅凭了对照的力量，却是因为限制我们逐日生活的事实，我所受的教训要比多数人更好。对于平常受过教育的人，不焦心衣食是一件当然的事；问起他来，他会承认这是快意的情形，但是这对于他不是自觉的快乐的源泉，正和身体的健康对于完全强壮的人一样。在我，即使再活五十年，这种安慰也仍然是逐日更新的惊喜。我知道，只有有我这样经验的人才知道，有可以生活的钱这事实所包含的一切意义。普遍受到教育的人绝不会孤立、完全孤立，衣服仅可蔽体，而且面前有一个问题，就是从并不关心他死活的世界争取一餐的饭。没有这样的政治经济学校。听过这样的演讲，对于这种可悲的科学的基本名词的意义，你便绝不再会迷惑了。

我对于别人的劳力的负欠，比多数人要了解得多了。我四季从银行"支取"的钱，从一种意义说是天赐给我的；但是我很知道，每文钱都是从人的毛孔流汗得来的。谢天，不是用最卑下的资本主义的专横得来；我只是说它是人类劳力的产品；或许是健全的劳力，但也同样是勉强的。眼光看得够远的时候，它代表筋肉的劳动，代表支持着我们生活的有复杂组织的、粗人的劳力。我这样想它的时候，平民得到我的感谢。是远远的感谢，我一向不能有，永远也不能有民治主义的狂热——这是我的精神的特点，我老早以前就认为是无可更改的了。对钱财的特权的反抗我是知道的（在伦敦有些地方，我曾经在那里站立过，因为不幸愤怒着，看望着经过的兴旺的人，我能够不记得吗?);但是我在他们之间居住的天生的穷人,我绝不能觉得自己和他们一体。而且为了最简单的原因:我太了解他们了。在优美舒服的环境中培植着他的热诚的人,关于在他下面的世界,可以终生怀着一种幻想,而且我也不否认他为这可以更好;但是对于我,没有什么幻想是可能的了。穷人我是了解的,我也知道他们的目的不是我的目的。我知道,我几乎认为是理想的那种生活(多么朴实的生活!)若是能够使他们了解的话,他们会认为是厌倦和轻视。和他们联合反对"上层社会",会成为不诚实或简直的绝望罢了。他们心里所向往的,我认为无趣;我所渴望的,他们永远不了解。

我绝不主张我自己的目的指示一种理想,一切人追求它都是最好。也许是这样,也许不是;我早就知道,根据个人的偏好主张改革是无用的了。将我自己的思想弄出条理,不想法为世界计划一种新的组织,就够了。但是从自己的观点看清楚也就很有价值,在这上面我所珍视的不幸日子对我有不小的帮助。假如我的知识只是主观的,这只关系我个人;我不向什么人说教。对于另外一个出身和教育与我相同的人,同样艰苦的经验可以产生完全不同的影响;他可以和穷人成为一体,并终生被高贵的人道主义燃烧。除了说他用和我不同的眼睛看事之外,我不更进一步批评他。或者是更广大、更公正的眼光。但是在一点上他和我相像。若是有这样的人出来,问问他;可以发现他有一次用黑莓当饭——而且对这思想过一番。

16

今天我站在那里看收庄稼的人干活,心里突然起了一阵糊涂的羡慕。要成一个这样健壮的、红黑颈子的人,他们能从黎明到日落使他们的筋肉紧张,一点也不疼痛,回家去酣睡一觉,使他们精神恢复,从事第二天的劳作!我是中年的人,四肢长得和别人一样,也没有害什么长期的疾病,可是我怀疑连最轻的田地里的工作,我是否能受半点钟。这真能算是一个男子吗?若是这些健壮的人有一个怀着好意的轻视看我一眼,我能觉得惊异吗?可是他绝不会想到我羡慕他;他会想到大概我会比不过田地里的马。

有了旧时候的空梦想:心和身的平衡,完全的身体健康,同充分的心智的力量合而为一。若是使我高兴,为什么不到收庄稼的田地里去,却还依然同样为思想而生活呢?许多理论家认为这事是可能的,并且希望看到它在较好的时代实现。若是这样,以前必须先有两种改变:不再有文学的职业,而且几乎所有的图书馆全毁掉,只留下一般公认为国宝的少数书。这样,而且只有这样,心理和身体的平衡才可以成功。

向我们谈论"希腊人"是无用的。希腊的民族只是少数的小团体,生活在很特殊的情况之下,大自然赋予他们很例外的特性。他们的星散的文明,我们太将它看成不仅堂皇,也同样是稳定的了,其实它是一串为期最短的光荣,从爱琴海海岸到西部地中海海岸这里那里地闪耀着。我们的希腊文学艺术的遗产是无价的;希腊生活的模样对于我们却没有一点点价值。希腊人没有什么外国的东西要学——连外国语或死文学也没有。他们几乎不读书,宁愿听。他们是保有奴隶的种族,很欢喜社会的娱乐,几乎就不知道我们所谓的勤劳。他们的无知是范围很大的,他们的智慧是神的恩赐。他们有很好的智力,他们也有严重的道德的弱点。若是我们能够看到一个伯利克里[94]时代的普通雅典人,并和他谈谈话,他会引起不小的失望——他身上野蛮人的成分,同时颓废者的成分,比我们预料的要多得多。多半他的身体也叫人幻灭。留他在那旧世界里面吧,这种世界对于少数人的想象是珍贵的,但是对于近代的大众的事业和胸怀却同孟斐斯(Memphis)和巴比伦(Babylon)一样不相干。

照我们所知道的思想家,差不多一定是健康受损害的人。稀有的例外所从出的种族,诚然可以因智力著称,但是这种种族的全体人员所代表的倒是偏于活动的生活,不是好学或冥想的生活;而这样幸运的思想家的子孙,一定不是回到活动的一类人,便是显出常见的身体受心智牺牲的情形。我并不是否认有"健全之心寓于健全之身"的可能;这是另外一回事。我所说的也不是那些既健康,同时也很聪慧并喜欢书的人(幸而他们为数还多)。我心目中的人热情地追逐精神的事物,侵犯他的神圣时间的普通兴趣或焦虑,他都不耐烦地摆脱开,他常被思想和学问无限的感觉所扰,他忧伤地明白他的内心力量所依据的条件,可是不能拒绝那时时使他忽略这些条件的诱惑。除了这些天生的特色之外,还有一件常见的事实;这样人要将他的成就做成货物,必须在不断的赤贫的威吓下劳作,那么还有什么希望使他的血保持规矩的节奏,他的神经按自然所吩咐的去活动,他的筋肉经得起超常工作的压迫呢?这样的人可以羡慕地看望着那些"在日神眼中流汗"[95]的人,但是他知道并没有给他有选择的余地。若是人生此前都对他仁慈,使他常常有读书时间的宁静,那就让他从收获的人转眼去看黄金的收成,怀着感谢继续度日吧。

17

田地里的劳动者要和那同他一同劳作的牲口站在几乎一样的水平线上,是既不合意,也不必需的。事实上他是这样,而且我们听说,只有最愚钝的农民现今才安分过农民的生活;他的孩子们,被教得能读报纸了,都尽快到有希望的地方去——印报纸的地方。这其中有着很不妥的情形,用不着福音家来告诉我们;还没有先知指示出来救济的方法。农业在我们这时代被用动听的言辞推崇,可是多半是枉然,因为它努力证明一种虚谎,说什么农业生活适于温存的感情,甜蜜的沉思,和一切人类的美德。农业是最使人精疲力竭的劳作之一,本身一点也不增进精神的发展。它在世界史上尽了一份开化的功劳，只是因为它增加财富，使人类有一部分人得免于执犁的劳动。热心家曾经实验做农人，其中有一个用可注意的话写他的经验。

"哦，劳动是世界的灾祸，和它有交涉的人，没有一个不成比例的变得凶野。我费五个黄金的月份为牛马准备食物，是一件值得称赞的事吗？不是的。"霍桑[96]在溪村这样说。在幻灭的痛苦中，他太过火了。劳动可以是，而且常常是，一件该骂的、使人兽化的事，但它的确不是世界的灾祸；不是，它是世界的至上福气。霍桑做了一件糊涂事，他以失去心理的平衡做代价。虽然喂牛马对于他不是一件合适的工作；可是许多人会觉得这种事情的最高贵方面，因为它当然表示着为人类供给食物的意思。这引证的兴趣是在这地方：完全无意的，像霍桑这样一个聪明的人，也降落到我们农业劳动者反抗乡村生活的心理状态。不仅他的智力停止作用，就连他的情感也不是可靠的领导了。我们现代的乡人心理的最坏一点，不是它的无知和粗俗，却是它的反抗的不满。像其他一切坏事一样，可以看出这是现在事态的无可避免的结果；我们对这太了解了，乡下人要"改进"自己。他厌恶喂牛喂马了，他想象在伦敦的街道上，他可以用更男子气的大步走路。

阿卡狄亚（Arcadia）[97]的幻想没有什么帮助；可是显然在过去的时代，农民们觉得生活不仅是可以忍受，而且他们比现在仍然脱离不了耕犁的乡愚，还要聪明呢。他们有他们的民歌，现在完全被忘却了。他们有传奇和神话的传说，这些他们的子孙不能欣赏,像忒奥克里托斯[98]的牧歌一样。可是也要记住,他们也有一个家。哈哈,这是一个启发人的字。若是农民喜爱给他面包的田地,他并不以在这里劳作为苦;他的劳作不再是畜性的劳作了,却是像上看望的,并且被从不可见的天上射来的光照耀着。佯装看不见乡村生活的艰苦和沉闷的方面是没有用的;倒是要不断提到这些地方,以便使有田地和从田地获利的人,对于使田地生产的人们的生活,可以不断关心。这样的关心,或者可以多少抵制时代的无情趋势;住在愉快的茅舍的人,不见得比在小屋里藏身的人更乐意离开它去流浪,有些意思很好的人谈论到用有心的教导,重新唤醒人对于乡间的爱。这方面有什么希望吗?有一时我们一切旧时英国的花名,在乡下人的口中是常听到的,而且也实在由他们的嘴唇首先说出——这时代有希望回来吗?花和鸟同歌和妖魔一块几乎全被忘却,这事实指明乡村已经堕落到了怎样地步。希望任何过去的社会美德复活,多半都是愚蠢。将来的农人我敢说,将是一种使用机器的,报酬很好的机械师;他做工作的时候,将唱着音乐厅里最近的一段歌,而且他的常有的假日将在最近的大城市度过。我料想,关于"普通的乡间事物"的谈论无论怎样悦耳,对于他很少有吸引力。或者花,至少耕地和牧场上的花,几乎全要被改良掉吧。而且"家"这个字多半只有一种特殊的意义,指着支取养老金的退休的劳动者公共的住处吧。

18

不将今天留下一点记载,我不能闭起眼睛来;但是文字有多么糊涂的缺陷呵!日出时我向外望,没有一处可以看到巴掌大小的云;在那露水上面闪耀的神圣的清晨中,树叶仿佛快乐地轻轻颤动着。日落时我在高出房屋的草场中站着,看望红的日轮落进紫霭中,在后面紫罗兰色的天空中升起了满月。早与晚中间,在日晷的影轻轻转一周的时光里,都充满了可爱和说不出的安静。我可以想象到,秋天从没有给榆树和山毛榉穿上过这样灿烂的衣服;我想,我墙上的簌叶从来没有在这样堂皇的深红中闪过光。这不是漫游的日子;在蓝色或黄金色天宇下面,眼睛看不到一样不美丽的东西,在梦幻的安息中和大自然一致,已经够了。从割过庄稼的田地,乌鸦长声高叫;时时传来的有睡意的鸡鸣表示出邻居的田家;我的鸽子在鸽巢上咕咕地叫着。在花园的闪光中,仿佛被觉不到的空气的颤动所吹飘的黄蝴蝶,我看了它五分钟还是一点钟呢?年年秋季总有这样完全无缺的一天。我所经过的,没有一天将我的心这样感动到合适的欢迎情绪,这样实现它的平静的希望。

19

我在小径上散步,远远地从什么地方传来乡下人的声音——说来奇怪——在唱着歌。歌调是不清楚的,但是我的耳朵听来,它们带着一瞬间的音乐的忧伤高起,而且突然间我的心被这样一种锋锐的记忆所刺激,我不知道它是痛苦还是欢乐。因为这种声音在我听起来,仿佛是我有一次在帕埃斯图姆(Paestum)废墟中坐着时,所听到的农民歌曲。英国的风景在我的眼前消失了。我看到用蜜黄色的石灰质的石头所做的多立斯(Doric)式巨柱;在这些柱子间,向一面看,我看到一窄片深海;一转头的时候,看到亚平宁山(Apennine)的紫色窄谷;在我所独坐的地方,在庙宇的周围,是一片荒原,若是没有悠长的哀歌的音调,是又死又静的。在这里,在我所爱的家里,我几乎不知道惋惜和欲望为何物,我竟被对于辽远的事物的思念所深深苦扰,我没有想到是可能的事,我低着头回家,那声音在我的记忆中歌唱着。我在意大利的旅行中所得到的一切快乐,又在我的心里燃烧。旧时的魅力还没有丧失。我知道,这永远不会再使我离开英格兰了,但是南方的日光不能从我的想象中消失。而且梦到它的光辉照在旧时的废墟上面,在我的心里唤醒一种无言的欲望,在这以前有一时却是痛苦。

在《意大利游记》中,歌德说在他的生活中有一个时期,对于意大利的渴望在他变成了几乎受不了的痛苦；最后听或读到有关意大利的事物他都受不住，就是看到拉丁文书籍也使他痛苦到不能不转眼不去看它；终有一天不顾一切的阻碍，他顺从了这种渴思病，秘密偷走到南方去了。我第一次读到这一段的时候，它正好代表我的心境；想到意大利，便是觉得自己被一种渴望所驱使，这种渴望有时确实使我病了；我也将我的拉丁文书籍放到一旁，就是因为受不了它们引起想象的痛苦。我能满足欲望的希望是很少的（不，在多年中连合理希望的影子也没有）。我自学意大利文；这倒也略有安慰。我（不甚热心地）读一本会话的成语书。但是我的渴思病只渐渐走向绝望的路。

于是为我所写的一本书，有一笔款（一笔很可怜的小款）到了我的手。是初秋的天气。我适逢听到有人说起那波利（Napoli）——只有死可以阻止我不去。

20

我实在老了。我对于酒不感什么兴趣了。

可是除了意大利的酒之外，没有什么酒很使我高兴过。在英格兰饮酒毕竟只是装样子，只是拿外来的灵感玩耍罢了。丁尼生有他的红葡萄酒，这有古老的好传统；白葡萄酒属于更高贵的时代；这些酒不是为我们的。愿意的人，让他去拿可疑的波尔多（Bordeaux），或勃艮第（Burgundy）酒儿戏去；要得到它们的好处，灵魂的好处，你必须在三十岁前的年轻时代。有一两次它们将我从绝望中救出，瓶或桶中有着酒的大名的东西，我都不愿刻薄地说起它来。但是在我，这是属于过去的事情了。"当玫瑰花称王，头发被香水滋润的时候"[99]——这样美丽的时刻，我是再不会知道的了，但是它怎样活在记忆中呵！"你叫这个酒什么名字？"帕埃斯图姆的看庙人拿酒给我解渴时，我问他。"卡拉布里亚（Calabria）出的酒。"他回答。这名字中有怎样的热光呵！我靠着波塞冬（Poseidon）[100]庙宇的柱子坐着，在那里喝了这个酒。我在那里喝它，脚放在爵床叶饰上面，眼睛从海看到山，或者窥看那镶在碎破的神圣石面上的小蚌壳。秋日近晚了；黄昏的微风在荒凉的海岸上轻语；在辽远的高峰上面有一长片静静不动的云，颜色和我的卡拉布里亚的酒一样。

在我的思想游离的时候，多少这样的时刻回到我的心头呵。城市中偏街小巷里的朦胧的小饮食店，被人忘却的山谷里、山腰上或无潮的海岸上有太阳味的客店，在那里葡萄将它的血给予我，使生活成为狂欢。这些愉快的没有虚度的时刻，除了最卑下的绝对禁酒的狂妄者，谁肯吝惜不使我享受呢？在紫罗兰的天空下，在古墓中间所饮的酒，没有一滴不暂时使我成为一个更好的人，脑子更广大、更勇敢、更温存。这是没有懊悔的畅饮。在意大利葡萄树荫下所生的思想和感情，我但愿能永久在它们之间过生活！我在那里倾听过神圣的诗人，在那里和古时的智者一同散过步;在那里诸神将他们永久恬静的秘诀泄露给我们了。红色的细流向乡村的酒杯中流时,我现在听到了。我现在看到山上的紫色光辉。你罗马人面目,也几乎说罗马语言的人呵,再为我斟满酒杯!那里不是长的亚壁古道(Appian Way)[101]的闪光吗?用旧的节拍,唱着不朽的歌:

> 大祭司与缄默无言的贞女,
> 还登丘比特的神堂的时候。[102]

是的呀,大祭司与贞女在永久的沉默中酣睡有多少时代了呵。供铁的神祇的奴隶爱说什么就说什么吧;对于他,没有法勒努斯(Falernus)的葡萄酒流出,对于他,司文艺美术的女神没有微笑,没有和音。在太阳落下,黑暗笼罩在我们周围之前,再斟满酒杯!

21

在这时候,还有二十岁的孩子,受过颇好的教育,但是没有钱,没有帮助,除了脑子的勃勃生机和心理的坚定勇敢之外别无所有,坐在伦敦的楼顶间,为可爱的生命写作吗?我料想一定是有的;可是我近些年来关于青年作家所读到和听到的一切,表示他们的情形很不相同。这些等待高升的小说家和新闻记者不是住楼顶间的人。他们在时髦的饭馆里吃饭——请他们的批评家；看到他们在剧场坐贵价的座位；他们住在漂亮的层楼——一有借口，便照相登在插画的报纸上。最不济他们也属于一个有名声的俱乐部，而且有衣服使他们能够到园会或家庭晚会，不引起不愉快的注意。在过去十年中，我读过许多小传，介绍着年轻的这先生，或年轻的那小姐，他们的书——像我们现今的可爱文字所说——"畅销"；但是从没有读过一篇其中提到刻苦的挣扎，提到受饿的胃，受冻的指头。我猜想"文学"的路变得太容易了。无疑的，一个少年人的教育使他和上中阶级并列，他若愿献身于文学的职业，而发现自己全无办法的事情是少的。这是这件事的根本；著作被承认是一种职业，几乎同宗教和法律一样照例了；少年人可以得到充分的父亲的赞可，情愿的伯叔父的帮助，从事这种职业。不久以前我听说，一个著名的律师年出二百英镑，使他的儿子学小说的艺术——是的，小说的艺术——由一个这种艺术并不很高明的教授讲教。实在的，我们想一想的时候，这是一件惊人的事，一件很有意义的事。受饿诚然不一定产生好文学；但是对于铺地毡的作家我们也觉得不安。对于两三个有些眼光和良心的人，我愿意最好发生一件灾祸，使他们在街上没有朋友。或许他们会灭亡。但是拿这种可能性和他们现在几乎确实的展望——多脂肪的灵魂堕落——相对比，这不是可以接受吗？我昨天站着观望灿烂的落日时想这件事。这次的日落使我回想三十年前，伦敦秋季的落日；在我觉得，比以后我所看到的都更为灿烂。

有一天傍晚,我在切尔西站在河边,除了觉得饥饿,并且想第二天清晨之前要更饿之外,没有事做。我在巴特西(Battersea)桥——那有画意的旧木桥上——闲散着,这时西方的天空吸引住我。半点钟后,我连忙回家去。我坐下,将我听见到的情形写了一篇描写文,并立刻寄给一个晚报社。使我吃惊,它第二天便登出来了——《在巴特西桥上》。我对那一小篇文章多么骄傲呵!我不很愿意再看到它了,因为我那时将它想得太好,我准信现在它会给我一种不愉快的感觉。可是,我写它因为我高兴写,并不亚于因为饥饿;而且它使我得到的两几尼,响起来和我一向所得的钱一样令人愉快。

22

我不止一次看人提示到,特罗洛普[103]的《自传》的刊行,多少可以解释为什么在他死后不久,他和他的著作都被人忽略——我不知道实情是否确是如此。我愿意相信,因为从一种观点看,这种事实对于"糊涂的大众"会是一件光荣。当然只是从一种观点;特罗洛普作品的显然长处,不因为知道这作品怎样产生而受到影响。在最好的时候,他是通俗派的一个可佩服的作家,而且他的名声销匿并不是永久忘却的意思,像每个著名的小说家一样,他有两类的崇拜者——有些人为他在有些地方所达到的优越处去读他,还有些是不分好坏的大众,他们在他的著作中得到有水平的娱乐。但是想到自传中所显露的机械的方法（这使更聪明地读他的《自传》的人认为它是可厌的或是可乐的书）果真在什么地方冒犯了"糊涂的大众"，倒是令人满意的事。一个人将表放在眼前，一刻钟准写多少字——我们想象这样一幅图画，在穆迪易租书店的最可靠的订户的思想中也会不愉快地常常出没，他在柜台上所摆的任何特罗洛普的作品和要购买的男女之间，也会出现的。

这种可惊的事被轻蔑地提到还天真的读者面前了。在那个幸福的时代（这已经仿佛是很久以前了），放在普通读者面前的文学新闻，多半与文学作品（就这名词的可敬的意义解）有关，并不像现在一样，关系"文学的"制造的程序，和"文学的"市场的涨落。特罗洛普自己告诉我们，一个期刊的编辑向他要一篇连载的文章，他问应当长到几千字，使编辑惊异了；这件逸闻确有旧的好时代风味。这以后，读者已经弄懂了"文学的"方法的显露，这类事情不再使他们惊讶了。出现了一派新闻业，似乎存心使从事著作及与作者有关的事显得堕落，而且这些有流毒的胡写的人（或者更正确些说，打字的人），觉得这个好鸣不平的时代的作家太容易接受他们的图利的暗示了。是的，是的；我同任何人一样知道，作家和出版家之间的关系需要改革。谁能比我更知道，代表的作家和代表的出版家面对面，无论过去现在和将来，都居于可笑的不利地位？这种不公平为什么不想方法补救，就事情的性质和体面说，都是毫无理由的。像特罗洛普那样一个庞大、狂暴、有天才的厉害人，颇可以保持自己的权益，至少从他的作品所得到的利益中，索要到可以接受的一份。像狄更斯[104]那样伶俐并有精力的买卖人，并由当律师的忠心朋友帮助，甚至可以做得更好，并且有时比他的出版家得的更多，将古代的不公矫正了。但是请问，夏洛特·勃朗特[105]怎样呢？想想她的灰色的、困苦的生活，若是她在同一时期内，只得到出版家因她的书所获得的利益的三分之一，她的晚年会多么欢快呵。我知道这一切；唉，没有人比我更知道！可是作为这种新事态的结果，那毁坏着我们文学生活的说不出的俗恶，多方面的卑污，我还同样憎恶、恶心。在这样的空气中，不容易看出来伟大高贵的书籍怎么样会再产生。或许可以希望大众再多少感觉到憎恶？——这种叫卖似的"文学"新闻的市场有一天会失败？

狄更斯。这里也显露了文学方法呵。福斯特[106]没有使一切的人知道狄更斯的作品是怎样写成，为它的出版的交易是怎样办的吗？许多的读者看到他坐在书桌那里，知道坐在那里多久？听说眼前没有点小装饰品他不能写下去，而且蓝墨水和鹅毛笔对于他的写作是不可缺少的；知道了这一切，可曾使一个读者的热诚冷却了呢？实在，狄更斯坐下来写一章正发表的小说，特罗洛普十五分钟写多少字；这两幅图画之间有一种区别。我们知道，特罗洛普的回忆录的情调和风度损坏了他自己；但是这种情调和风度表示出心神和天性的低劣。狄更斯虽然受了他那时代和阶级的不幸影响，为努力增加（不是为他自己）已经很多的财产而死，可是他工作时有种艺术的巧妙和热诚，是特罗洛普想也想不到的。他当然是有方法的；除了用机械的劳力，长篇的散文小说绝不会产生；但是我们知道，没有计算一点钟多少字的事。从他自己的书信中所见到的他工作时的情形，也是文学史中最令人激发兴奋的一个。在了解他的人的敬爱中保持狄更斯的地位，这情形在过去和将来都很有关系。

23

今天我在黄金的日光中散步的时候——秋天温暖安静的日子——突然有一种思想来到心头，使我停止了脚步，并暂时有些迷惑了。我向自己说：我的生活过去了，确实我应当觉到过这个简单的事实；确实它已经是我沉思的一部分，而且常常渲染我的心情；但是这件事从来没有明确成形，成为用舌可以说出的话。我的生活过去了。我将这话说了一两次，使我的耳朵可以试验一下它的真实。无论怎样奇怪，是无可否认的真实；像我去年生日的岁数一样无可否认。

我的年岁？在生活的这时期，许多人正鼓励自己开始新的努力，正计算十年或二十年的追求和成就。我也许还可以活几年，但是在我不再有活动，不再有野心了。我有了我的机会；而且我明白我怎样利用它了。

这思想有一时几乎是可怕的。什么！昨天还是一个年轻人，计划着，希望着，向前展望着生活，仿佛是无穷的事业，而且这样精强力壮，目空一切——这样的我竟到了明确回顾的日子了吗？这怎么可能呢？但是，我还没有做什么事；我还没有利用了时间；我只在准备着我自己——只是对生活学徒。我的脑子在开玩笑；我有了暂时的幻觉；我要振作我自己，回到我的常识，回到我的计划、活动和热切的享乐。

虽然这样，我的生活是过去了。

多么渺小的东西！我知道哲学家怎样说法；我重复听他们关于人生短促的音乐的言辞——可是在这以前我并不相信。这就是一切了吗？一个人的生命能就是这样短，这样空吗？我枉然愿使自己相信，真正意义的生活只刚刚开始，流汗和恐惧的时间一点也不是生活，现在过一种有价值的生活只消看我自己的意思了。这也许是一种安慰，但是它仍然隐蔽不了这种事实：我绝不会再看到可能性和希望展开在我的眼前了。我"退休"了，而且对于我和对于退休的商人一样，生活是过去了。我可以回顾它走完的路程，是多么渺小的东西呵！我有要大笑的意思，我制止自己只限于微笑。

不怀轻视，尽力忍耐着，没有过分自怜的微笑，是最好的事。事情的可怕方面毕竟没有把我捉住；我可以不费很大努力将它放在一旁。生活完了——有什么关系呢？总结生活是快乐还是痛苦，就是现在我还说不定——这个事实就应当阻止我不将损失看得太严重了。这有什么关系呢？不露面的命运注定我要出世，演我的小小的一角，于是再走进沉默中去；无论赞成或反抗，是我的事情吗？唉唉，别人在命运中所遇到的，可怕的精神或肉体的痛苦，不能忍受的损害，我都没有受到，让我感谢吧。这样从从容容走完了这样一大部分人生的途程，不也就很好了吗？假如我对它的短促和无大意义吃惊，那是我自己的过错；以前过去的人的声音已经充分警告过我了。现在看到真实，并且接受它，比较在软弱的一天陷入可怕的惊异，糊里糊涂对命运嚷叫，还要叫。较之悲哀，我倒宁愿欢喜，而且不再去想这样的事情了。

24

早早的黎明醒来，以前是我最怕的事情之一。使我能够恢复工作的夜，并没有带来在这样休息之后应当有的安静，我醒来看到最黑暗的不幸的幻影，而且在大痛苦中躺过破晓的几点钟，是太常有的事。但是这是过去了。现在有时候，在我还没有自觉之前，心仿佛在睡乡的边界上和一个魔灵挣扎；于是窗子上的光，墙上的画，使我恢复了快乐的意识，因为那个不幸的梦而更为快乐。现在我躺着思想的时候，最坏的苦恼是惊讶人的普通生活。我看它是这样一件不可相信的事；它像作祟的幻想一样压抑我的心。人们在发恼，发狂，互相残杀，所为的事情是这样琐小，就连我远不是圣人或哲学家的人，考虑起来也势必惊讶——这是实情吗？我可以想象出一个人，他因为孤独平静地过生活,渐渐认为日常世界不是真正存在,却是在不健全的时候,他自己幻想的创造物。有什么疯人所梦想的事情,比所谓健全人的各种社会中,每分钟所做所想的事情,更为和沉静的理智不相合呢?不过我将这种沉思尽量放到一旁去;它毫无结果地扰乱我。于是我倾听我小房周围的声音,总是轻柔的,安慰人的,引人心回到温存的思想上去。有时候我听不到什么;没有树叶的沙沙,没有苍蝇的嗡嗡,于是我想完全的沉默是最好的。

今天早晨我被一种连续的声音惊醒,这声音立刻在我的耳朵里形成了多数鸟雀清锐的鸣声。我知道这是什么意义。在过去几天我看到燕子聚会,现在它们排列在我的屋顶上面,或是在开始远的旅程之前,举行最后的集议吧。我知道不去谈什么动物的本能,也不用怜惜的方式谈它们类似的理智。我知道这些鸟所展示给我们的生活,比较人类大众的生活,要合理得多,要无限地更为美丽。它们互相交谈,在它们的谈话中没有恶意,没有愚蠢。它们在计划危险的长途旅行,若是我们能解释它们的谈话——再拿来和现在正计划在南方过冬的,那无数体面人的谈话比一比!

25

昨天我从一条通过一所美丽的老房子、两旁有榆树的路经过。树间的路完全被落叶——一块淡金色的地毯——盖住了。再向前走,我到了一片小林,多半是落叶松,它在最灿烂的金色中闪耀,有些地方飞溅着血红,那是一棵年轻的山毛榉正在秋季的光荣时候。

我看一棵赤杨,满垂着棕色的穗状花,厚钝的树叶上有无数可爱颜色的斑痕。靠近它的是一棵七叶树,枝上只悬着少数的叶子,是深橙色的,我看亚麻已经光枝了。

今夜的风是很大的,雨打着我的窗子,明天醒来,我将看到冬季的天空了。

一

冬

1

从海峡吹来的暴风,带着落雨的飞云,和散落在山上的雾沫,使我整天没有出门。但是我一会也没有无聊或空闲,现在我坐在将尽的煤火旁边,觉得这样享乐舒适和宁静,在上床之前我非将这加以记述不可。

当然人应当能够挺胸应付今天这样的天气,而且在和它挣扎中得到快乐。对于身体健康,心里平静的人,没有坏天气这样的事;每样的天空都有它的美,鞭策血液的暴风只使它跳动得更有力罢了。我记得有一时我会顺着风吹雨打的道路,兴高采烈地去漫游;现今我或许要拿生命做这样试验的代价吧。这些好墙的庇护,使我的门窗不怕暴风侵袭的诚实的手艺,我更为珍视了。在全英格兰,舒服的地方,再没有比我坐在其中的这一间更为舒服的屋子了。所谓舒服，是就旧时的好意义解释，使心神得安慰，不至于使身体得安适。它从没有像在冬夜看来那样家常，那样像一个安身处和避难所了。

我在这里过的第一个冬季，我试用木头烧火，我的火炉就为这个目的安排的；但是这是一种错误。在小屋里烧木段是不成功的；不是火烧得小，需要不断照料，便是熊熊的旺火使得屋里太暖了。火是一种愉快的东西，是一个伴侣和灵感。若是我的屋子用现代暖水管或暖气这样拙劣的方法保暖，对于我会和美丽的红红的火一样吗——我若是坐下望着火，它会变成奇异的世界？那些抛弃了天空的层楼和旅馆的居住者，让科学去尽量有效而且经济地使他们温暖吧；若是强迫我非选择不可，我宁愿像一个意大利人一样，裹着外套坐着，用钥匙去拨动焦炭的银灰色的外表。我听人们说，我们在烧我们全部的煤，浪费得很糟糕，我为这难过，但是我不能为这个关系，使或许是我的生活的最后一冬不欢快呵。在家庭的费用上或许有浪费，但是这个坏处在别的地方太嚣张，用不着指明了。在构造壁火炉时，无论怎样要运用常识，和爱的煤所产生的热多半从烟囱吹出去，是没有人希望的；但是保持明火的壁炉，像你保持英格兰其他最好的东西一样。因为在自然的过程中，它有一天要成为过去的东西（像其他许多值得为它们生活的东西一样），就算作一种理由，我们不应在尽可能的时间内享受它吗？人们不久也许要用丸药的形式吸收营养；这样幸福的经济的预知，在我坐下吃大块肉时，并不使我受什么责难呵。

看看火和有罩的灯多么友好地在一起呵；它们对于屋里的明亮和温暖同样有贡献。像火哺哺并轻轻发出爆炸声一样，我的灯在吸油到灯芯上的时候，也隔一会便发出潺潺的微音，习惯使得这声音对于我是一种快乐。和这两种声音混合的另外一种声音，便是时钟的轻轻嘀嗒。像发热病的脉搏一样嘀嗒，只适于股票经纪人公事房的那类忙迫的小钟，我是受不了的；我的钟慢慢低唱，仿佛它和我一样体味着每分钟，它打点的时候，那小小的银声是可爱的，它不带忧伤地告诉我，另外一点钟的生命计算过去了，许多无价的钟点中的另外一点钟——

　　它永远不属于我们了，却还视为我们所有。[107]

　　熄了灯之后，到了关门的时候，我总转身回顾；在最后的烧红的煤的光辉中，我的屋子是这样舒适地引人，我不容易走开。温暖的光射在发亮的木材、我的椅子、我的写字桌和书架上面，并从堂皇书册的金字书名反射回来；它照亮这一张画，或使那一张画半明半暗。我可以想象出来，如同在童话中一样，书籍只等着我一离开，便彼此交谈。一个小小的火焰从将灭的余烬射出；影子便在天花板和墙上闪动。心满意足地叹了一口气，我走出去，轻轻关起门来。

2

今天下午我在黄昏时回家来,觉得散步之后疲倦了,也有一点冷,我先蹲在火前,以后又懒懒地躺到炉毯上面了。我手里有一本书,便借着火光读起来。几分钟后站起,我发现打开的书页在淡淡的白天的余光中还可以看得到。这种光亮的突然改变,对于我发生了一种奇怪的影响;这是很意外的,因为我忘记了天还没有黑。我在这奇怪的小小经验中,看出一种知识的象征来。这本书是诗。温暖的火光所显示的书页,岂不是像有想象和同情的心灵所看见的一样,而从窗子来的冷死的光所显示的书页,岂不是像看诗只有字面的贫乏意义,或全无意义的眼睛所见到的一样吗?

3

能够在小小浪费的欲望很强的时候,没有畏惧地花一点钱,是一件很愉快的事;但是能够拿钱赠予人要愉快多了!虽然我很享乐我的新生活的舒服,可是它所给予我的欢快,不能和帮助别人的需要所得的欢快相等。情况永远穷困的人,只能为自己而生活。空谈做道德的好事固然很好;实际上,在物质艰窘的环境中，这样事很少有做的余地或希望。今天我寄给S一张五十英镑的支票；这会像是上天的恩惠，而且确实使给的人和受的人同样幸福。可怜的五十英镑，有钱的糊涂虫为无聊或卑污的幻想虚掷，绝不一想的；可是对于S，这将是生命和光明。这种恩惠的力量在我是一件新事，我用颤抖的手在支票上签字，我是这样欢喜并骄傲。在过去的时日，我有时候给人钱，但却带着另一种的颤抖；多半我自己在暗墨有雾的清晨，为了自己的悲惨的需要，也许不得不乞讨。这是贫穷的凄惨祸害之一；它使人没有权利慷慨。从我的富裕中——在我是富裕，虽然在日常的兴旺的眼光中只是受饿的区区小款——我可以很快乐地自由给予；我觉得自己是一个人，不是卑恭的奴隶，脊梁永远准备受环境的鞭挞。我知道有些人错误地感谢神祇，而且这在钱财的事情上最容易发生。但是希望不奢，而略有富余，是多么好呵！

4

两三天来不合时节的闷热，天空低垂却无雨，今天早晨醒来，我看到大地上蒙着一层浓雾。没有破晓，直到过了适当的时间很久，除了窗子上的惨淡的微光之外，没有光亮；现在到了中午，我才朦胧看到可怕的树形，常常落在花园的土上的滴答滴答声，告诉我雾气开始结凝，要变成雨过去了。若不是为了我的火,在这样的天气,我的精神会很不好的:火焰唱着并跳着,红的美在窗玻璃上反映出来。我不能将思想放在阅读上面。若是我无事坐着,思想会用忧伤的执着去沉思我不知的什么事。不如进行旧的机械的笔的活动,这可以骗过我的时间虚度的感觉。

我想到伦敦的雾,暗黄色或纯黑色的雾,这常常使我不能工作,并使我像一种消化不良的猫头鹰一样,在恍惚的、眯睎眼的闲散中活动不了。我记得在这样的一天,有一次我发现煤和灯油全用完了,两样都没有钱买;我只能上床,想躺在那里等到可以再见到天空。但是第二天雾还是一样浓。我摸黑起来;我在楼顶间的窗子跟前站着,看见街上像夜间一样点了灯,灯和铺面完全可以看得到,人走来走去做他们的事。事实上雾已经向上升了,却罩在屋顶上面,任何天上的光也照不透。我的寂寞是不能再忍受的了,我走出去,在街上走了几点钟。我回来的时候,带了一点钱,使我可以买到光亮和温暖。我将我所珍视的一本书卖给了一个旧书商,而且为我袋里的钱变得穷多了。

多年之后,我记起有另外一个暗黑的清晨。像平日在这时候一样,我患着很重的伤风。一夜失眠之后,我发了一阵昏迷,这使我一两个钟头不省人事。可憎恶的声音使我醒过来;我在暗黑中坐起身,听到有人顺着街上走,叫嚷着刚刚绞死人的新闻。"某太太死刑执行"——我忘记了女杀人犯的名字。"绞架上的情形"!这是九点钟之后不久,善经营的报纸立刻出了记载绞刑版。仲冬的早晨,屋顶和道路上蒙盖着煤灰染黑的雪,被可怕的雾笼罩着;而且,我躺在床上的时候,那个女人被领出去绞死了——绞死了。我满怀恐怖想到我可能在那无数的房屋中间病死,上面除了"污秽的瘴气的集合"[108]之外别无所有。被恐惧所制服,我起来活动。拉下窗帘,点起灯,坐在熊熊的火旁,我尽力佯以为是温和的夜。

5

天黑后顺着路散步,我突然想到伦敦的街道,而且心里忽有一念,愿意我在那里。我看到铺面的闪耀,湿街道的黄色闪光,匆忙的人,单马车和公共马车——我愿意我在这一切中间。

除了我愿意再年轻,这是什么意思呢?我常常突然看到一条伦敦的街,或许是最凄凉,最丑恶的,它暂时引起了我的乡愁。往往是伊斯林顿大街,至少我有二十五年没有见到它了;有人会说,全伦敦再没有一条大街比它更不吸引人的想象了;但是我想到自己在那里行走——用年轻的轻快脚步行走,魅力也当然就在这里了。我看到自己在长长的一天工作和寂寞之后,从我的住处出去。对于天气我毫不介意;雨、风、雾——有什么关系!新鲜空气充满了我的肺部;我的血很快地循环;我试试我的筋肉,我高兴我所走的石头的坚硬。或者我袋里有钱；我正到剧场去，以后，我要请自己吃晚餐——香肠和土豆泥，和一品脱起沫的麦酒。我对于每一种享乐都多么兴高采烈地期待！在池座的门前，我在群众中挤滚，觉得有趣。没有什么事情使我疲倦。夜晚了，我一路走回伊斯林顿，多半随走随唱。并不是因为我幸福——不，我只有不幸福；但是我的年纪二十来岁：我结实而且健好。

这样又湿又冷的夜，将我放到伦敦街上，我会在空虚的不快中莫知所措。但是在旧时候，若是我没有错误的话，我宁愿坏天气的季节；实在我有城里人的本性，在人为的环境战败天然情况的胜利中得到快乐，欢喜在敌对的天空之下那种忙碌生活的喧嚣和炫耀，若在别的地方，这样的天空便要引起颤抖的不满了。剧场在这样的时候加倍温暖和明亮；每个铺子都是幸福的躲身处——在那里，柜台后面站着十分从容的人，在照应你的时候准备和你闲谈；消夜馆在许多煤气灯下排列着引诱人的食物；酒馆里面满是人，都是有钱可花的。于是响起回旋式自奏的钢琴——什么能更为欢快！

我很费力才相信我那时真正这样感觉。但是，生活若不是想法使自身可以忍受，我怎么能活过那许多年呢？人有一种可惊的力量使自己适应无可避免的情况。假如将我扔回龌龊的伦敦，除了住在那里工作之外，没有选择的余地——我会不住下工作吗？虽然想到药店，我料想我也会的。

6

我一天的光明时刻之一，便是下午散步后稍稍疲倦了回来，将靴子换了拖鞋，将户外的上衣换了舒服旧破的短衣，坐在深深的软扶手椅上，等待着茶盘。或者在喝茶的时候，我最为享乐安闲的感觉。在过去的时候，我只有将茶狼吞虎咽喝下去，想到我眼前的工作，使我匆忙，并常常使我苦恼；往往我完全觉不到我所饮的东西的芳香和味道。现在，随着茶壶出现，飘吹进我书房里面的那轻而深入的香味，是多么美妙呵。在第一杯中有着怎样的安慰，以后是怎样从容不迫地啜饮呵；在寒凉的雨中散步之后，它带来怎样的暖热呵！同时我看着我的书籍和图画，尝味着安然据有它们的幸福。我看看我的烟斗；或者我带着似乎有所思的神气，准备用它装烟叶。实在的，烟叶再没有在茶后——它自己便是温和的感兴人的东西——那样安慰人，那样暗示富于人情味的思想了。

英国人是善过家庭生活的天才，在任何事情上都不如在午后饮茶这种大典（我们几乎可以这样称它）上，更为显著地表明出来。在简单的屋顶之下，饮茶的钟点有点神圣性在，因为它表明家庭的工作和焦虑的结束，休息的、社交的晚间开始。茶杯和茶托的响声便使心同快乐的休息协调。时髦客厅里的五点钟的茶会，我一点也不欢喜，它像有那样世人参加的其他一切事情一样，是无聊的，令人厌倦的；我说的是和世俗意义完全不同的在家里饮茶。让陌生人上你的茶桌是冒渎神圣；反之，英国人的好客在这里有着最和蔼的方面；朋友不能比在进来喝杯茶时更受欢迎了。在茶点真正是一餐饭，在它和九点钟的晚餐之间不吃什么的地方，它是真实意义的最家常的饭。中国人在不知道多少世纪中，从茶所得到的快乐和好处，有在过去百年中，英格兰所得到的百分之一吗？

我欢喜在我的管家端茶盘进来的时候看她。她的态度是节日的样子，可是在她的微笑中有着一种严肃，仿佛她做了使她荣耀的事情一样。她为晚间换了装；这就是说，她的工作时间的干净合适的衣服，换成适于炉边闲暇的衣服了；她的两腮是发热的，因为她在做发香的烤面包。她的眼睛很快打量一下我的房子，但只得到看出一切头头是道的快乐，在一天这样的时候还有什么重要的事情要做，是想象不到的。她将小桌子搬到炉火的热可以达到的地方，使我可以不变动舒服的位置，自行照顾。若是她说话，只是令人愉快的一两个字；她若是有什么重要事要说，时间总是在饮茶之后，不是在以前；这是她凭本能便知道的。偶然她也许弯下腰，将我不在时，我照料过以后所落下的炉灰扫过去；这事她不声不响很快便做了。于是仍然微笑着，她退走了，我知道她去到温暖舒服，发香味的厨房中，享受自己的茶，自己的烤面包去了。

7

我们听到许多骂英国的厨房的话。我们的典型厨师总被人说成是一个愚钝的、没有想象力的人，只会烤或煮。我们的食桌，据说除了对于急吞肉块的食肉动物，会使任何人厌倦或恶心。我们听人说，我们的面包在欧洲是最坏的，是消化不了的面团；我们的菜蔬倒是给饥饿的兽，不是给有识别力的人吃的食物；我们的叫作咖啡和茶的热饮料，都是粗心或外行调制出来的，将这些饮料在别的地方所有的好处，一点也没有保存。当然，解释这样责难的证据是并不缺乏的，供给我们仆人的阶级，无可否认是粗俗愚蠢的，他所做的各种手艺都太常带着天生的印记。虽然这样，英国的食物在质上是世界上最好的，英国的烹调在温和的天气中是最健身，最引食欲的。

如同在其他许多长处上一样，这种事情我们也在无意中得到。普通从事烹调的英国妇女大概只想到使食物可供咀嚼；但是在做得好的时候，想一想结果，倒出现了一条烹调的原则。没有什么事情比这更简单，但是也没有什么比这更正当，更合理。英国烹调的目的，是要这样来处理人的营养的材料，使得对于健康的味觉，它显出一切自然的精华和味道。厨师略有点天生的或学得的技术时，是我们在这上面最显著的成功。我们的牛肉真正是牛肉；在最好的时候这样的牛肉在日光下任何国家中都吃不到；我们的羊肉是精粹的羊肉——想想南丘（Southdown）产的羊肩肉，正在切的刀下刚流出肉汁的时候！我们的每种菜蔬都各有特殊的美味。我们从来没有想到过将食物的真味掩遮住；若是这样办法有必要，食物的本身便有了毛病了。有些自号聪明的人嘲笑我们是只有一种调味的民族。事实上，我们有多少种肉，便有多少种调味；每种在烹调的过程中，都流出它原有的汁液，在我们所能想到的调味中，这是最好的。只有英国人知道肉汁是什么意思；因此只有英国人配谈调味问题。

当然，这种烹调原则先假设食物的质是最好的。若是你的牛肉或羊肉有几乎不大分得开的味道，而且两样都可以想到是犊肉，你自然要用不同的方法去烹调了；你的目的就是要去遮掩、冒充，加一种外来的味道——简单说，除了保持食物的原质，什么都可以做。幸而英国人从来没有被迫不得不使用这些办法。无论是肉、家禽或鱼，每种菜到桌上都分明显著地保持着本色，没有和其他东西弄混的可能。给普通的厨师一片鳕鱼，告诉他按照自己的方法烹调。这个好人会细心煮了它。这便完了；他不能另用什么技术来烹调这个鱼，使上天给予鳕鱼的特殊滋味更显然，更可喜。想想我们的大块的肉；每样都各自多少堂皇，而且彼此多么完全不相像呵！想象一块煮羊腿。那是羊肉，是的，是最好的羊肉；大自然没有赐给人更美味的食物；但是同样的大块肉烤了也还是羊肉；不过多么神妙的不同呵！要点是在这些不同是自然的；我们使这些不同显明，是遵守永久的事物的定律，不是遵守人的一时高兴。你们的人工的调味不仅用不着，却也是可厌的。

至于犊肉，我们要求"填塞腹内烹调"。是的，因为犊肉多少是无味的，凭经验我们发现了最好的方法，使它所具有的特点显著。填塞并不遮掩，也不想法遮掩；它增强味道。好的犊肉填塞——想一想！——本身便是烹调本能的胜利；它是那样香，却对于胃液又那么有力。

我说了犊肉无味吗？我必须补充说，只有和英国牛肉羊肉比较才是这样。当我想到一片真正很好的犊肉边上煎黄的颜色时！

8

我的思想这样常常称赞英国东西的时候，我们发现自己为一种回思所苦——想到我是称赞过去的时代。现在就英国的肉这件事来说。有一种报纸告诉我说，英国牛肉是并不存在的；冒这个名的最好的肉，只在杀以前在英格兰喂一个短时期罢了。唉唉，质还是那样好，我们也只能感谢了。我料想真正的英国羊肉还存在吧。若是其他的国家能出产我昨天所吃的羊肩肉，会使我吃惊的。

谁知道呢？也许连我们的烹调法也过了最好的时日了。英国的大众现今没有尝过烤肉，是一件可悲的事实；他们叫作烤肉的，实际是烤炉里烘烧出来的——这是完全不同的东西，不过我承认，只比真正的烤肉差些。哦，那旧时的腰肉，我所记得的三四十年前的腰肉！那是英国的，没有错误，全部文明史在饭桌上指不出和它相等的东西。将这样的肉放进有蒸汽的炉里，是神都不能原谅的罪过。我没有亲眼看到肉在烤肉铁钎上转来转去吗？它散出的香味就可以医治消化不良。

我很久没有尝一片煮牛肉了；我怀疑这东西渐渐稀少了。在我这样的家庭，牛股肉是不行的；它必须大，对于我们的需要太大了。但是我心里保存着多么美妙的记忆呵！一片牛股肉的颜色便多么丰美，可是又多么鲜嫩；多么微妙的有变化！香味和烤牛肉是完全不同的，可是无可辩驳的是牛肉。热的，自然带胡萝卜，它是国王的食物，但是冷的更高一等。哦，薄薄的一宽片，边上带着恰到好处的肥肉！

我们是不多用香料的，但是我们所用的却是人所发明的最好的香料。而且我们知道怎样用它们。我曾经听到过一个急躁的革新家，嘲笑英国对于使用芥末的条例，问芥末为什么不应和羊肉同吃。回答很简单；这个条例是英国人的味觉制定的——这个味觉是完全没有缺陷的。我坚持说完全没有缺陷！受过教育的英国人在关于食桌的一切上，是一个不会错的向导。丁尼生辩护自己爱煮牛肉和新土豆，说道："智力高超的人知道什么东西吃起来好。"我要使它的范围包括我国一切开化的人。只有最好的味道，最正当的拼合才能够使我们满意；我们的财富，我们的幸福的自然环境，使我们能够受到味觉的教育，我们的天然的才能和这是相配的。就顺便想一想我们刚提到的新土豆。我们的厨师在烹调它的时候，放一个薄荷嫩枝在平锅里面。这是天才，这种蔬菜的味道，不能用别的方法使它这么完全，可又这么味美地显著。薄荷是在里面的，我们知道；可是我们的味觉却只知道新土豆。

9

在素食主义的文字中，我觉得有一种奇怪的凄惨。我记得我怀着饥饿和贫穷的热诚，读这些期刊和小册子的时日，极力想法使自己相信肉是完全用不着的，甚至是可厌恶的食物。若是现今有这样的读物来到我的眼下，我对于那些因为必需，不是出于本意而赞同这种化学的食物观点的人，动一种幽默的怜悯。我的眼前现出一些素菜馆，在那里用最少的费用，我常常佯装着满足我的渴望食物的胃；我在那里吞咽了"美味的肉排""素煎肉"，和其他我不知道些什么在外表堂皇的名目之下，冒充出来的虚夸不足的东西。我记起来一个地方，在那里六便士便吃一次全餐——我不敢去记那些项目了。但是我现在确还可以看到那些客人的脸面——穷书记和店伙，无血色的女孩和各种各样的妇女——都努力要在扁豆汤、菜豆籽或豆荚的什么中找出美味。这是离奇的伤心的景象。

扁豆和菜豆的名字——那些虚装面子的骗人食欲的东西，

那些列成表格的骗诈，那些称为人类食物的检验定的无味的东西，我深恶痛绝！我们听说，两样每种一英两都可以等于——多少磅哩？——最好的臀肉。在证明这事或相信这事的人的脑子中，都没有许多英两的常识。在有些国家，吃这种东西是出于自动的；在英格兰只有悲惨的必需强迫人吃它。扁豆和菜豆的籽或豆荚不仅无味，常吃使人近乎作呕。你随意宣传还要列出表格吗？英国人的味觉——它是最高的审判官——拒绝这种淀粉的权宜办法，就和它拒绝没有自然要用肉陪衬着的菜蔬，拒绝拿麦皮粥和薄饼作中饭，拒绝拿柠檬水或姜啤酒代替真正的啤酒一样。

真正相信化学的分析能和自然的风味相等的人，他的智力和道德的情况是怎样呢？我从一英寸真正的剑桥香肠，是呀，从一两真正的肚子所得到的养料，比五六十磅最好的扁豆所给我的还要多。

10

谈着蔬菜：人住的地球上，能拿出什么和英国新蒸好的土豆比赛一下吗？我不是说，在我们的食桌上总可以，或常可以看到它，因为蒸土豆是烹调术的一大成就；但是当它搬到你面前的时候，肉体和精神都怎样高兴呵！在体面人家每天所吃的煮土豆中，普通的味觉已经可以得到并非小可的快慰了。无论是新是老，它都无可否认是可喜的。试想竟有开化的国家不知道这种食物——不，竟凭了传闻，看不起地说到它！这样的批评家虽然自己没有大猜疑到，却一生没有吃过一个土豆。他们在这个名目下所吞咽的东西，是妙处全恶劣化或消灭了的菜蔬。想象出躺在碟子里的"面球"（旧式的主妇这样叫它），发出最柔和、最微妙的芳香，一触到的时候就要破碎，几乎就要溶化；回想它的风味和它的余味，同或热或冷的大块肉那样圆满地调和。再想想同样的土豆用任何其他的方法烹调，要有怎样的忧伤来到你的心头呵！

11

从食物杂货铺经过，看到窗子里面陈列着外国黄油，使我生气。这类事情使人对于英格兰的前途忧伤。英国黄油的退步，是我们民族道德情形的最坏表征之一。自然的，这种食物会立刻泄露出制造者道德的堕落；黄油必须依赖制黄油场主的诚实的名誉心，不然无法希望它好。开始节省劳力，以不诚实的利益为目的，对你的工作觉得厌恶或轻视——搅乳器便一一显露这些缺点。这种缺点一定很流行，因为连吃到过德文的英国黄油也渐渐成为稀有的事了。什么！英格兰奶品仰仗法国、丹麦、美国？若是我们有一个真正的政治家——有一个真正人民的领袖——英国地主和农人的耳朵，便要因为这种无能的证据感到刺痛并作响了。

没有人关心吗？除了威吓着毁灭我们的铺张和玄虚之外，谁还关心其他呢？不久之前在世界上是最好的英国食物，在质上退步，而且就连我们的民族的烹调天才也显出衰落的样子。对于了解英格兰的人，这些都是很有意义的事实。糊涂人信口胡谈"我们的岛民的烹饪"，要求依照大陆的样式改革，我们找到许多和他们相像的人乐意倾听；结果不久我们的好点将被忘却，恶劣的方法被普遍应用，同时也使用和这些方法适宜的不良的食物。可是，假如概论有什么真实的话，这却是一个明显的事实：英国的食物和英国的美德——就最宽广的意义解——是分离不开的。

我们在餐食的事情上的优越，是并没有费多少思想得来的。我们现在所应当做的事情是：想想一向出于本能所做的事，明白我们优越的原因，并开始工作将这种情形恢复。当然全国最坏的烹调是在伦敦找到的；不是随着伦敦过度的生长，许多坏事传遍了各地吗？伦敦是家庭理想的反面；社会改革家连向那方面看一眼也不会，却要将全部热诚专注到小的城镇和乡村，在那些地方或者可以将这种伤害停止住，而且有一天一种重建起来的民族的生活，从那里影响到败坏的中心。我愿看到英格兰遍地是烹调学校的心，远胜过愿看遍地是普通学校，那结果会有希望得多。比较教小女孩读书，应当更专心教她们烹调烤烘。但是永远不要忘记英国的大原则：食物给予最大量的本有的特殊味道时，它才算烹调得好。调味完全禁用——除了用肉汁做的自然调味。对于甜食也是一样；焙烤的有馅的小馒头（或有馅点心，若是你这样叫它们），煎煮的布丁，这些无法超过的英国理想的食物，不要忘记了。因为它们是最卫生的，所以它们在所发明的甜点心中，也是最味美的；问题只在将它们做好烤煮好就是了。再说面包，质劣做得不好的面包我们已经渐渐习惯了，但是在最好的时候的英国的面包——像你以前的每个村落里准可以得到的那样面包——是完全无缺的食品。若是用法律规定，任何阶级的女子不证明她能做出完全的面包便不能为人妻，想想在不安的英格兰会引起多么光荣的革命呵。

12

好 S 写给我一封很有同情的信。想到我的寂寞他不安。我选住这个地方来过夏，他是可以了解的；但是当然到城里过冬一定更好吧？暗黑的白日和漫长的夜晚，我怎样度过呢？

我对于好 S 的同情发笑了。暗黑的白日在幸福的德文是少有的，所有的几天也并不使我有一分钟的无聊。北方的严寒的长冬会使我的精神难受；但是在这里，秋以后只是休息的一季，是大自然逐年的微睡罢了。这种安息的影响我也参加享受。在炉边打盹过一点钟是很常有的事，往往我让书掉下去，乐意去沉思。但是冬天更常有阳光——那柔和的光是大自然梦中的微笑。我出去,漫游到远处。落叶时风景的变化使我欢喜;我看到在夏季隐藏起来的溪流和水池;我所欢喜的小径有了不熟悉的外表,我和它们更为认识了。不着叶衣的树形有一种稀有的美;若是偶然雪或霜使它们的枝条变成银色,对着朴素的天空,它便变成了永不令人厌倦的奇迹了。

我逐日看望菩提树上珊瑚色的嫩苞。在它们开放的时候,我的快乐中混合着一点惋惜。

在我生活的中年——这些是最坏的——我常常怕那使我在夜间醒来的冬季暴风雨的声音。吹打着房屋的风雨使我心里充满凄惨的记忆和恐惧;我躺着想人与人的野蛮斗争,而且常常见到眼前的命运,并不比被践踏到生活的泥泞中为好。风的哀号我觉得是痛苦中的世界的声音;雨是弱者和被压迫者的啜泣。但是现今我可以没有受不住的意思,躺着听夜里的暴风雨了;最坏也不过在我记起所爱的,可是不会再见的人们时,起一种怜悯的忧伤罢了。对于我自己,在咆哮的黑暗中甚至还有着安慰;因为我觉到周围好强的力量,觉得在我劳苦生活中追逐我的龌龊的危险,我安然摆脱了。"刮吧,刮吧,你冬天的风!"[109]成为我的保障的那点小小的财产,你刮不走。"屋顶上的雨"也不能使我的灵魂发生疑问;因为生活将我所要求的完全给了我——比我一向所希望的要多到无限——而且在我心里的任何一角,都不潜藏着怯懦的对于死亡的恐惧。

13

若是有个从外国来的陌生者，请我为他指出英格兰最值得注意的事物，我要先考察他的智力。假若他是一个日常水准的人，我可以指出大伦敦，黑乡[110]，南兰开夏郡（South Lancashire），和其他我们文明的特点（虽然有激烈的竞争，这些特点仍然保持我们近代在制造丑恶上所居的超越地位），供他惊异和佩服。若是反之，他似乎是一个有头脑的人，我便乐意领他到中部或西方一个古老的村落，离开火车站有点路，在外表上还没有受到这时代更下流的趋势的影响。在这里，我要告诉我的旅行者，他看到了只有英格兰才能够给他看的东西。建筑的简单的美，它对于自然环境的完全的适应，一切东西的不拘形式的整洁，一般的干净和修理的完整，农舍园圃的优雅，在看望人心里引起音乐的那种恬静和安全——若是一个人想赏识英格兰的价值和力量，这当是他必须看到觉到的。为自己创造出来这样家的民族，爱秩序一定最足以表示它的特色；和其他民族不一样，它了解了这个真理："秩序是上天的第一条规律。"[111]和秩序一样，自然可以找到安慰，而这两种特性的联合，像在家庭生活上所看到的样子，便成为英国的特产：舒服——我们给予这特产的名字被别的国家借用了，虽然名字不过是实物的淡影。

英国人需要"舒服",是他的最好的特点之一;他或许在这方面有改变,并对于身心舒适的旧理想变得淡漠:这种可能性是我们这时代所显明的最严重的危险。因为你要注意,"舒服"并不仅关于身体,英国人家庭的秩序和美,从指导他全部生活的精神得到价值,不,得到存在。从农舍走到贵族的宅第。它在宅第一类中也是完美的;它有年代的尊严;它的墙是美丽的;它周围的园苑是只有在英国才可以找到的,无法比较的可爱;这一切和英国的农舍代表同样的道德的特色,不过有更大的活动和责任就是了。若是贵族厌倦了他的宅第,并且将它租给浅薄的百万富翁,自己去住到旅馆或租来的别墅里面;若是农舍的主人憎恶他的乡村的房屋,搬到肖尔迪奇(Shoreditch)[112]连建楼房的七层楼上去,我们很清楚地看到,他们两个都失去了旧时英国人的舒服观念,而且失去它,他们作为人和作为公民,都堕落了。不是用一种舒服换为另一种舒服的问题:使他成为英国人的本能,在这些情形中消灭了。或许新的社会和政治情况置了它的死命,它渐渐从我们中完全消灭吧;看着新式的村落,看着城市里劳动阶级的住处,看着有钱人住区中高起的"层楼",我们不大能够别样想。也许不久就有一天,"舒服"这字眼虽然还继续在许多语言中应用,它所代表的东西却在什么地方也找不出来了。

14

若是这个灵巧的外国人到了工业的兰开夏郡的村落，他会得到别样的印象。在这里，英格兰的权力可以多少显示给他，但是英格兰的价值却很少显示。难受的丑恶会到处刺激他的眼；人民的脸面和声音他会觉得完全和环境相近。对任何开化的国家，不大容易找出比这两种村落、这两种居民之间更为显著的对照。

可是兰开夏郡是英国的，而且在那些工厂的烟囱之间，在那可憎恶的小街里面，有人生活着，他们的家庭思想，和更温和的南方村落的思想有否认不了的亲属关系。但是要了解"舒服"，和它所包含的美德，怎样才能在这样的情况中存在，人必须要进到炉边去；门必须闭住，帘子必须拉下来；在这里"家"是不出门槛的。这些列污浊的房屋，在人所设想的房屋中是最丑恶的，毕竟比在树和草场中间的可爱村落，更能代表今日的英格兰。一百多年前，权力从英国南部转到北部去了。特伦特河（Trent）那面的有力种族，在机械时代开始时才找到机会，它的延迟很久的文明，在明显的许多方面和更古的英格兰的文明不同。在苏塞克斯或萨默塞特，典型的居民无论怎样笨钝和乡土气，他显然属于古代的旧制，代表记不清时间的屈服。比较起来，北方的粗野人不过刚从野蛮中显出头，无论在怎样的情况下，都会显出较不温和的容颜。因为很大的不幸，他落到近代最严酷的科学工业制度的统治之下，而且他的有力的特性，全附庸于一种建在刻薄、丑恶和卑污之上的生活计划。他的种族的遗产自然使人看起他来一目了然，即使作为农人或牧人，他和原野中或南部高地上从事同样职业的人，也显然不同。但是这个人外面的明白的凶残，没有被他的文明所采取的途径减轻，却加甚了，因此，除非你了解他到敬重他的地步，他那民族一个半世纪前的半开化的印记，似乎还印在他的身上。他的厉害的狐疑，他的傲慢的自爱，都是原始情况的记号。自然的，他绝不会像南方人一样住房子，因为天气和社会环境对于生活的优美都是不适宜的。现今我们只有观望他的统治来侵占旧时真正的英格兰——旧英格兰的力量和美德是很不同地表现出来的，有许多可爱村落的宽广美丽的地方，除了对于考古家、诗人和画家，没有很大的意义。我对细心观察的外国人指出它的美丽和宁静也一定是枉然；他不过微笑一下，而且看一看正顺着路前来的起重机，他表明了他思想的方向。

15

在全部荷马中，没有什么比奥德修斯（Odysseus）的床架更使我欢喜。我试将描写它的一段这样译成英国诗：

在我的庭园中生长着一棵很好的橄榄树；

全盛期的高贵丛叶是稠密的，

树身高耸像一根雕刻的柱子。

我绕着这棵树筑房屋的墙，

在大石上堆上大石，并盖好屋顶，

在入口安上一道合适的门，

铰链结实，并关得紧紧的。

于是我用斧砍去多叶的橄榄树有枝的杪，

将树身削成四方方的形式，

并且像木匠样将它刨平，雕槽，钻眼，

使有根的树，在原来生长的地方，

成为我卧榻的一角。继续工作，

我做了全部床架；完成之后

我用金银和象牙的发亮装饰品

镶入木头里面。

最后，在直立的梁柱中间

我扯起染成紫色的，结实的牛皮绳。

(《奥德赛》二十三卷，一九〇至二〇一。)

有什么人模仿过这个可佩服的先例吗？我若是一个年轻人，并且是个地主，我一定要这样做。选一棵高直的很好的树；砍去树杪和树枝；只留下干净的树干，这样在周围建筑你的房屋，使得有根的树木高出你卧室的地板两英尺。树干在房屋的下部不必显露出来，但是我倒是宁愿它露出。我是树的崇拜者；它应当像一个可以看到的家神一样。我们怎么能够更高贵地象征家的神圣呢？没有永久感便不能有家，没有家便没有文明——在大半人口都变成了住层楼的游牧人的时候，英格兰会发现这事情。在理想的共和国家，我们可以想象到奥德修斯的床是一种常态的定例，每家的家主，无论是村夫或贵族（因为共和国家也得有贵族，唉唉！）都像他的先人一样，在树的房屋中躺下休息。我料想比旅馆里碰机会的卧室，这倒多少是更合适的洞房。奥德修斯建筑家是一个做着至上的虔敬的事，在一切时代中，这幅画图都将保持着它的深刻的意义。注意他选的树是橄榄树，对于雅典娜（Athena）是神圣的，是和平的象征。当他和聪明的女神相遇，计划毁灭王子们的时候，"他们靠着神圣的橄榄树干坐下"[113]。他们谈论的是流血，不错的；但是要惩罚侮辱了家庭神圣的人，而且在净化之后，恢复家庭的平静和安慰。自然的象征主义几乎绝迹，是近代生活的惨淡的方面之一。我们没有神圣的树。橡树有一时在英国人心里有一个地位，但是现在谁敬重它呢？——我们相信铁的神祇。冬青和槲寄生在圣诞节可以卖钱，但是，得不到青的树枝时，除了小贩还有谁会很介意呢？一种象征实在将其他一切都淹没了——铸的圆五金片。我们可以保险说，在钱币第一次变成权力的象征之后，在一切时代中，它给予有钱的多数人心里满足的回报，要以在我们这时代最为贫乏了。

16

今天我沉闷，因为常被一种思想所扰：我所愿知道的是多么多，我所能希望学习的是多么少。知识的范围变得这样广大了。物理的考查我几乎完全放到一旁了；对于我，它是不存在的，或者仅在偶然间，成为无益的好奇的事。这似乎将知识范围清除很多了；但是留下来的实际还是无限。光是我所欢喜研究的题目——我一生中多少对之用过一点功的——在我心里有着癖爱物地位的研究，若将这样的目录浏览一下，便是在眼前展开了知识的绝望。在一本旧笔记簿中，我随意写下一个这样的目录——"我希望知道，并熟知的事物。"我那时二十四岁。用五十四岁的眼睛来读它，我不得不笑。有这样平常的项目："宗教改革前基督教会史"——"全部希腊诗"——"中世纪的传奇"——"从莱辛（Lessing）到海涅（Heine）的德国文学"——"但丁（Dante）！"我永远不会"知道，并熟知"其中的一种；任何一种也不会。可是我又在买引我走入无尽的新诱惑路途的书籍呢。我和埃及有什么交涉呢？可是弗林德斯·皮特里和马伯乐[114]使我消闷。我怎能不自量去过问小亚细亚古代地理呢？可是我买拉姆塞[115]教授的令人惊异的书，甚至怀着不安的享乐读了许多页；不安，因为我只消略想一会，便可以明白这种事情只是在郑重的知识的努力已经成为过去的时候，无用的智力的努力罢了。

当然，这一切所包含的意思是：因为机会不好，或者更因为缺乏方法和恒心，我原有的可能性被糟蹋了，丧失了。我的生活只是试验的，是断断续续的一些靠不住的起头，一些无希望的新的开端。若是我让自己纵容这种心情，我可以对于不给我第二次机会的天命起反抗的。"唉，若是朱庇特（Jupiter）能够给我带回过去的岁月！"[116]若是我能只用听得的经验，重新开始！我的意思是说，重新开始我的求知的生活；别的什么也不要，天呵，别的什么也不要！就是在贫穷中，我也能做得更好；眼前总保持着一种明确的，并非达不到的好目标；将不能实行的，浪费的，全严厉排除。

这样做的时候，也许会变成一个枭眼的书酸子，我晚年所知道的这样的享乐，会永远没有可能性吧。谁能说得了？我现在这样的精神和心境是我的幸福，或许使我进步到这地步的唯一的条件，便是我所惋惜的失足和错误吧。

17

为什么我费这样多的时间读历史？这对我在什么意义上有益处吗？我能希望对于人性得到什么新的见解呢？在我可以剩下的少数年的时光中，对于我自己生活的方向能有什么新的指导呢？但是我并不是怀着这样的目的来读这些卷帙繁多的书；

它们不过满足——或似乎满足——一种好奇心罢了；我刚不过合起一卷书来，我所读的大部分便忘记了。

我断不愿把它们全记住！我许多次向自己说，我要把人类生活的可怕记载合起来，永远放在一旁，而且极力忘记它。有人说，历史是善胜过恶的表现。善时常胜利，那是无可怀疑的，但是这种胜利多么限于一地而且时间短暂呵。若是历史书有声音，它所发的会是长长的痛苦的呻吟。专恒地想着过去，我们看出只有因为想象力的缺乏，人才可以受得住这样凝思。历史是恐怖的噩梦；我们喜爱它，因为我们喜爱图画，因为人所忍受的一切，对于人都是富有兴趣的。但是，试使血染的各页的景象对于你变成真实的——站在好抢劫的征服者，野蛮的暴君前面——在暗牢和苦刑室的石上走一走——试一试火柱的火——在各地方、各时代，都没有人数得清数目的大众，那些受灾难、压迫，和无数样式的残酷不公所牺牲的人，听听他们的叫喊——你从历史的阅读能得到什么快乐？这样理解它，可是仍然喜欢它，一定是一个魔鬼才行。

不公——这是使世界的纪念受诅咒的可憎的罪恶。主人的一时高兴命定奴隶在苦刑下死亡——我们觉得这是可怕的，不能容忍的事；但是在文明的各阶级中，做过和忍受过不下百万次的事情，主人使奴隶死亡不过是他们一种未成熟的表现罢了。哦，那些在没有人去过问的不公中，痛苦至死的人们的最后思想！对于无情无言的上天，痛苦中的不幸者的请求！在全部时间的记录中，若是有一个这样的例子，过去就应命定被憎恶的忘却。可是最卑污、最凶残的不公,和过去一切事物的经纬是分不开的。若是有人用这样的思想安慰他自己:这类的暴行不会再发生了,人类已经超过这种可憎恶的可能性了——那他便是对书本,比对人性更熟悉。将我的时间费在不留下苦味的书籍上,费在我所爱的大诗人,费在思想家,费在所写的书使人安慰平静的温存作家上,是更为聪明的。许多卷书仿佛责难似的从架上看我;我绝不再将它们拿到手里了吗?可是书里的话是黄金的,我愿在心的记忆中珍藏着它们。或者我所要医治的自己的最后缺陷,便是那促使我求知识的心理习惯吧,有一部渊博的大著作,我一定不会读完的,而且只足以浪费我的宝贵的时日,我昨天不是就要订购吗?我料想是我血液中的清教徒,阻止我不坦然承认:我现在所要做的一切只是享乐。这是智慧。求得学识的时期已经过去了。我不会糊涂到使自己学一种新语言;为什么我要使我的记忆中满储着关于过去的无用的知识呢?

在我死前,我还要读一次《堂吉诃德》(*Don Quixote*)。

18

有人讲演,报纸上用两栏的位置加以报告,我随便看一下这种浪费的印刷物时,一个名词一再映入我的眼帘。都是关于"科学"的——因此和我无关。

我不知道是否有许多人关于"科学"和我有同样的感情。这不仅是一种偏见；常常它成为可怕，几乎恐怖的形式。就是关于我感觉兴趣的事物的那些科学门类——关于植物、动物、星辰的天空——就是这些，我沉思时也不免不安，不免有一种精神的失调；新发现，新学说，无论怎样吸引我的智力，不久就使我厌倦，使我有些郁悒。到了别种科学的时候——喧嚣的无处不在的科学——使人变成百万富翁的科学——我有一种愤怒的仇视，一种厌恶的恐惧。无疑的，这是天生的；我不能将它追根到生活的环境，追根到心理发展的任何时期。我的幼稚的对于卡莱尔[117]的喜爱，无疑地培养了这种脾气，但是，卡莱尔这样使我欢喜，岂不是因为我心里原有的东西吗？我记得少年时，怀着畏缩地不安看着复杂的机器，这不安当然是我不解的；我记得在我受"考试"的时候，我交"科学卷子"时所带的激动的轻视。那种未成形的畏惧现在我看来十分可解了；我的憎恶的理由变成十分明了了。我憎恶并害怕科学是因为我的这种信念，若不是永久，也是很长的时期中，科学将是人类的无情的仇敌。我看到它毁灭生活的全部单纯同温和，毁灭世界上一切的美；我看它在文明的假面之下恢复野蛮；我看它使人的心智昏暗，使人心无情；我看它带来大规模冲突的时代，这将使"旧时的千战"[118]黯然失色，算不了什么，而且多半将使人类一切千辛万苦的进步，淹没在血浸的混乱中。

但是攻击它，像同其他自然力争闹一样无用。就我自己说，我可以离开，并且对于我认为该诅咒的东西，尽量少去看它。但是我想着几个亲近的人，他们的生活将在无情而且凶残的新时代中度过。去夏热闹的"六十周年纪念"在我是一个忧伤的时节；这表示许多东西都过去了——许多好的与高贵的东西，世界再不会看到和它相像的了，表示只有危险可以看得清楚的新时代，已经向我们奔扑着来了。哦，四十年前慷慨的希望和抱负！那时候，科学被人看成救星；只有少数人可以预言它的专横，预见到它会使旧的罪恶复活，并践踏它开始给人的期望。这是世事的定程，我们必须接受。我——可怜的小小的世人——在使这个暴君登极上没有份。对于我倒是一点安慰。

19

圣诞节的钟声今早晨使我外出。只怀着半打定的主意，我在柔和曚昽的日光中向着城行走，进了教堂巷，流连了一会之后，听到最初的风琴的音调，便进去了。我相信我已经有三十多年没在圣诞日进过英国教堂了。旧时和旧时的脸面又为我复活了，我看见自己在岁月的深渊的那一面——那个自己已经不是我本人了，虽然我看出这时和那时的两人间，有许多类似点。过去世界中的他坐着听圣诞节的福音，不是完全不介意——专心在自己的幻象上了——就是仅作为血里含着邪说的人倾听。他爱风琴的音调，但是就在他的幼稚的心里，也清楚地区分开音乐和地方的乐旨。不仅这样，他能使文字和思想的谐音，同它们的武断的意义分开，享受前者，完全拒绝后者。"在地上平安归于他所喜悦的人"[119]这一行已经在他的智力的宝物中了。但是无疑的只是因为它的节拍，它的响亮音调。在他看来，生活是一种半意识的挣扎，想寻求思想同言语中和谐的东西——从怎样不和谐环境的骚扰中，他开始打出他的道路呵！

今天我并没有怀着异端的激动倾听。无论是风琴或文字的音乐，都比一向对我更有意义；字面的意义并不使我有顽强的思想。我听从了圣诞节钟声的召唤，我觉得只有欢喜。我在一群阴影中间坐着，不是在大教堂里，却是在离它很远的一个教区的小教堂里面。我走出来的时候，看到和暖的闪耀的天空，并走在湿润的地上，使我吃惊；我原本梦想看到被风刮过的冷灰色的天宇，下面全闪烁着新落的雪的光辉。转一会身和死者过过生活是一种虔敬，谁能像在并非不快乐的孤寂中度过圣诞节的人，那样放纵这种心情呢？若是我能够，现在我也不愿成为快乐的团体中的一人；听听久已沉默的声音，对那只有我自己记得的快乐的事情微笑，要更好。在我的年岁还不大能了解的时候，我听人在炉边读《纪念诗》中圣诞节的章节。今天晚上我取下那本书，很久以前的声音又向我诵读了——没有别的人的声音像这样诵读过，这声音教我知道诗，这声音向我所说的只有善良和高贵的事。无论活人的舌头所发的声音在别的时候怎样受欢迎，我愿它压过这种音调吗？我珍惜地保护着我的圣诞节的孤寂。

20

英国人深印着伪善的罪恶,是真实的吗?当然,这种责骂从圆头党员[120]的时代开始:在这以前,民族性中没有能暗示伪善的东西。乔叟的英格兰,莎士比亚的英格兰,确实不是伪善的。清教思想所引起的变迁,将一种新的成分介绍进人民的生活,从这以后,这种成分总向观察者暗示出来的道德和宗教上不诚实的习惯,不过显明的程度时深时浅。保王党的轻视是容易了解的;在卡莱尔出来之前,这种轻视创造出一个传说的克伦威尔(Cromwell)[121],在世人前显得是一个最大的伪君子。随着真正清教思想的衰落,来了那种英国特有的虔敬和美德的表现,这要以佩克斯尼夫(Pecksniff)[122]做代表——他是和达尔杜弗(Tartuffe)[123]完全不同的人,而且除了英国人自己之外,或者不能被人了解。但是在我们自己这时代,熟见的责难才坚持地对我们攻击。它常在我们的解放的青年的嘴唇上发出;它在大陆的报馆之中已经成为逐日印用的照例话了。理由是不难寻求的。拿破仑称我们是一个"商店掌柜的国家"[124]时,我们并不是这样的;在他以后,我们变成最严格意义的这样的国家了;想想一个兴旺的商人的情形,他在商业方法上不择手段,他不放开任何机会要全人类看他是一个宗教的和道德的模范。

这是我们的实际情形；这是我们最刻毒的责难人所见到的英格兰。拿"伪善"的罪名加在我们身上的人，是有口实的。

不过这个字眼是选得不好的，并指示一种错误的观念。真正伪君子的特色，是假冒一种不仅他没有，却也不能够有的美德，而且对这种美德他也并不相信，伪君子可以有，多半也真有，（因为他是有头脑的人）一种自觉的生活规律，但是，这绝不是他对之摆弄伪善的那个人的规律。达尔杜弗算将他代表到极致了。达尔杜弗凭信念是个无神论者，肉欲主义者；从相反的观点来看人生的人，他都轻视。但是在英国人中，这样的心理态度一向是极少见的。我们的典型的牟利人，口头上发出有益的情感，要武断他有这种态度，便是犯了离奇的评判的错误。无疑的，这种错误是普遍外国新闻记者所犯的，他是对于英国文明知道得很少的人。更开明的批评家若用这个字眼时，他是不经心用的。说话更准确的时候，他们说英国人自以为是，这倒更近实情。

我们的罪过是自以为是。我们大体上是一个旧约的民族，耶稣教从没有进到我们的灵魂中；我们看自己是选民，无论精神上怎样努力，也得不到谦虚。这其中并没有伪善。建教堂的喧嚣的暴发户所以那样用钱，不是仅只为得到社会的尊敬；在他的奇怪的小小灵魂中，他相信（在他能够相信什么的范围内）他所做的事是讨上帝欢喜，对人类有益的。他也许曾经为他所有的每一金镑撒过谎，欺骗过。他也许用不洁玷污过他的生活；他也许犯过许多种残酷和不公，但是这些事情都是他违背着良心做的,而且机会一到,他便用他所有的信仰暗示给他的、舆论所赞成的方式,来弥补它。严格地下定义,他的宗教是对他自己的宗教性,有种坚不克拔的信仰。作为一个英国人,他认为真正的虔敬,真正的道德,是他天生的权利。他"走了错路"是不可否认的,但是即使在最冷然斜视的时候,他也绝不否认他的信条。在公共宴会和在别处的时候,他的声音也附和教导的音调,这个人并没有发伪君子的谎言;他所说的每个字都出于本意。吐露着高尚的感情,他并不是以个人的身份,却是以英国人的身份来说话,而且他顶彻底地相信,听他的人都在心里皈依同样的信仰。若是你乐意这样称呼,他是一个自以为是的人,不过不要误解;他的自以为是,并没有个人的成分在。那样便会是完全另外一种人了;当然在英格兰他是存在的,不过并不是民族的典型。不是;对于和他信条不同的本国人,他是程度不深的自以为是的人;对于外国人他却绝对自以为是。他站在那里代表着一个帝国。

伪善这字眼应用到我们行为上的关于性道德事情的时候,或许是最多,而且在这里误用得特别坏。许多英国人将民族的宗教的信条抛到一旁去了,但是实在很少人抛弃了这种信念:在英格兰大家所支持的道德的规律,是世间最好的。有兴趣这样做的人,都很容易证明,英国的社会生活并不比多数其他国家更为纯洁。特别粗俗的丑闻隔不久便给嘲笑者很好的机会。我们大城市的街上每夜所展览的现象,在世界别处是找不到相像的。虽然这样,普遍英国人却将他们国家道德的高超认为当然，而且绝不放过机会牺牲别国来宣扬这件事。叫他伪君子简直是不了解他。就他自己说，他也许心里鄙亵，生活放肆；这和事情没有关系；他相信道德。告诉他说英国人的道德只是口惠，他会怀着真实的愤怒发起火来。他是一座自以为是这种心理的纪念碑，这又不是个人的，却是民族的。

21

我使用现在的时态，不过我果真说的是现在的英格兰吗？在过去三十年中，有力地变迁的媒介在活动着，要确定它们到现在为止影响民族性到了怎样的程度，是不容易的；不，简直是不可能的。明显地我们看到了：传统宗教的衰落，旧道德标准的自由讨论，因此发生了一种唯物思想，赞成每种无政府的趋势。我们要怕自以为是堕落成更为黑暗的罪恶——真正的伪善吗？在英国人失去自信心——不仅信他们的潜在的善，也信任他们作为善的模范和代表的高超——会成为历史记载中极为无希望的民族的腐化。他们在过去真正崇拜一种很高尚的道德的理想，不过当然不是最高的，怀疑这种事实，对于任何在英格兰生长和养育起来的人，都是不可能的；同样也不能否认：在我们中间，正当地被认为"最好的人"，那些不受新精神的罪恶所传染，出身或贵或贱的男女们仍然过着很真实意义的"诚实、清醒、虔敬"的生活。我们知道这样人从来不占多数，但是在旧时候他们有一种力量，使他们成为英国道德的真正代表。假如他们自视颇高，事实证明他们有理由这样做；假如他们有时说话像自以为是的人，那是一种天性上的毛病，并不附带什么严重的罪尤。在各种的卑污之中，伪善是他最为憎恶的。在他们的后代也是这样。这些人在我们中间说话是否还有权威，便没有人能够确切说出。他们的力量是否丧失，谈论英国的伪善的人是否误用字眼，不久我们就可以知道了。

22

对于清教思想重加思考，现在正是时机。在摆脱了无意义的形式的极盛时代，回顾我们历史中的这一段落，眼睛除了狂妄的过度之外见不到什么，是自然的；表示英国的心进入了监狱，狱门已经锁住的这样生动字句，我们加以赞许。现在解放的危险同约束的严苛同样明显，在这个时候我们要记起在严厉的清教的训练中所有的好处，记起它怎样更新了我们民族的生命的力量，它怎样促进了公民的自由（这是我们最高的民族的特权），是很好的。知识的荣耀时代，总拿后来者一般的衰落做代价。试想斯图亚特王室治下的英格兰，除了都铎[125]王室的新教思想没有其他的信仰。试想（不要想更坏的了）英国文学以考利（Abraham Cowley）[126]做代表，不知道弥尔顿的名字。清教徒是像医生一样来到的；在种族的生命力有了至上的代表性之后，自然地会随着有疲惫和怠惰，他在这时候带来补药。英格兰向以色列的书籍中去寻求宗教，要惋惜便惋惜吧；这种突然显露出来的，我们种族对于凶暴的东方神权政体的同情，或者是不难解释的，但是我们禁不住希望它的虔诚采取另外一种形式；以后势必有"出霍恩德斯迪奇"[127]，附带着有好多的冲突和不幸呵！不过灵魂健康的代价是这样的；我们必须接受这个事实，并且可以看到它的更好的意义为满足。说到人类，健康当然只是相对的名词。从一种想象得到的文明的观点看来，清教的英格兰是可悲地患着病；但是我们必须常问的，不是一个民族可以好到怎样，而是坏到怎样。在一切神学的派别中，摩尼教最令人信服，这当然在另外一个名目之下，也就是清教徒们自己所主张的。我们所说的复辟时期的道德——就是国王和宫廷的道德——在没有宗教革命危险的斯图亚特王朝之下，是可能变成全国的道德。

清教思想的政治贡献是无法估计的；英格兰再遇到政治专制的危险时，它们会被人更受感动地记得。我现在在想着它对于社会生活的影响。我们因为它，有了一种特色，在其他的国家中，是用英国的拘谨作态这个名词来表示的，其中所含的非难，是伪善这个一般的罪名的一部分。我们自己间的观察家也说，拘谨作态的心理习惯日趋消灭，而且这被看为令人满意的事，是健全的解放的征候。假如拘谨者的意思指的是暗中很坏，却装出过度的礼节的人，即使出点无羞耻心的代价，也无论如何让拘谨者消灭吧。假如反之，拘谨者是过着贞洁的生活，凭了心向或原则，关于人性的基本事实，培养思想和言语的极端雅洁的人，我便要说这确乎是走正当方向的错误，我并不愿看它的流行消灭。就大体说，有些外国人说到英国的拘谨作态时——至少就妇女所表现的说——心里所想的是后一种意义；这对于贞操的疑念，倒不如对于自负的愚蠢的责难多。一个代表矫作淑贞的英国妇女，也许像雪一样没有污点；但是人也假定她有雪的另一特性，而且同时是一个十分糊涂并令人受不了的人。不同之点便在这里了。言语的吹求并不是清教思想直接的结果，我们的文学充分证明了；这是在将清教思想所教给的最好的东西完全吸收到民族生活中之后，一种文明的进步。我们凭一生的经验认识英国妇女的人，十分明白她们在语言上的细心选择，多半表现她们心里也同样雅洁。兰多（Landor）看英国人说到身体那样言语含糊是一种可笑的特点；德·昆西（De Quincey）责难他的这句话，说这是他久居意大利，将敏感性变迟钝了的明证；关于讨论中的问题，无论这个特殊的解释是否有道理，德·昆西都是完全对的。关于使我们想起人中的兽性的一切事，言语含糊是很好的。言辞的雅洁本身上并不证明进步的文明，但是文明在进步时，一定趋向那个方向。

23

整个早晨空气都保持着预兆的安静。坐着看书，沉静我似乎都觉得到；我向窗子转过眼光去的时候，只看到广阔的、灰色的天空，没有特色的一片茫茫、冷酷、忧郁。以后，在我动身要出去午后散步的时候，一种白的东西轻轻地在我眼前落下来。再过几分钟，向下垂落的默默的雪网便将一切隐盖住了。

这是一种失望。昨天我有几分钟相信冬天要结束了；山上吹来的风是柔和的；片片澄清的碧蓝在缓缓飘动的云彩中间闪耀，似乎有春天的希望了。在炉边无事，在渐深的暮色中，我开始渴望光明温暖的日子了。我的幻想漫游，领我在夏季英格兰的梦中走得又远又广。

这是布莱思（Blythe）河的谷。河流在被太阳晒暖的棕色河床上起着微波，闪耀着；岸上绿色的菖蒲摇摆并发出沙沙的响声，周围的草场在金凤花的纯金色中闪着光。山楂的树篱是一片闪烁的花朵，使微风发着芳香。荒地高高地突起，被金雀花着上黄衣，再向前，若是我走一两点钟，我便可以走到萨福克（Suffolk）的砂岩，观望着北方的海了……

我在文斯利代尔谷（Wensleydale），从那在宽广的草原中奔腾的多礁的河，向一起一伏的旷野攀登。一直上去，直到我的脚摩擦着石楠走过，松鸡在我眼前飞旋着跑去。在辉煌的夏季天空之下，高地的空气仍然有一种生命，刺激活动，并使心跳跃。谷被遮掩起来了：我只看到褐色和紫色的旷野，用肩形的峰峦反映在碧蓝的天空上面，而且远远地在西方，有苍郁的高峰的地平线……

我在格洛斯特郡（Gloucertershire）一个村落里漫步，这个村落仿佛在沉睡的下午的温暖中被人抛弃了一样。灰石头的房屋是古老而且美丽的,表示着有一个时期英国人知道怎样建筑,无论是为穷人或者为富人;花园里万花灿烂,空气是清香的。在村落的尽头,我走入一条小径,在长着草的斜坡间蜿蜒蜒地向上,到达草土、蕨草和高贵的山毛榉树林。在这里我是在科茨沃尔德(Cotswolds)山的一个支脉上面,眼前展开宽广的伊夫舍姆(Evesham)山谷,有成熟的庄稼,正结果实的果园,被神圣的埃文河灌溉着。再往远去,轻柔的青色,是莫尔文(Malvern)山。紧靠近旁的一个树枝上面,有一只小鸟在颤声歌唱着,在叶荫的寂静中欢喜了。一只野兔在凤尾草中跳跃。从那边洼地里的矮丛中,传来啄木鸟的笑声……

在夏季的夜幕下垂的时候,我在阿尔斯沃特(Ullswater)湖边散步。落阳的余晖使天空仍然显得温暖,发暗的深红色在山峦的黑线上徐徐燃烧着。我的下面展开很长的一片湖,在黯然无色的岸间显出钢似的灰白色。在幽深的寂静中,对面一匹马快走的声音显得近的奇怪;这使得大自然在它的圣所的安息更清楚地觉到了。我觉到无法言传的寂静,但毫无和凄凉相近的感觉;我所爱的地方的心,似乎在我周围逐渐加深的默默夜色中跳动着;在永久的事物间,我触摸熟悉的、慈爱的大地。活动着,我轻轻移步,仿佛我的脚步是一种不敬一样。路转弯,一阵轻微的芳香向我吹来,是绣线菊的芳香。于是我看见一家农舍的窗子里闪耀——在大山腰的黑暗中显出的一线小小的光,下面湖水沉睡着……一条小路领我顺着乌斯(Ouse)

河蜿蜒的河岸走。两边远远地伸展着亲切的景物，耕地和牧场，树篱和成丛的树，直到天空笼罩着沉静的小山的地方。缓缓地，默默地，河从有雏菊的岸，有水杨的河床间流过。再往远去，是小小的圣尼茨（St. Neots）镇。在全英格兰没有再单纯的乡村风景；在全世界这类风景没有再美的了。家畜在丰富的牧场中叫着。我们在这里可以在完全地休息中闲游梦想，大片的白云从水上过去时将自身反映在水中……

我在南丘上散步。在山谷里太阳是炎热的，但是高处却低吟着微风，使前额清醒，使心里充满快乐。我的脚在那有短柔的草的土上有一种不厌倦的轻快；我觉得能够继续老往前走，一直到白云在那里投下飞影的最远的地平线。在我下面，不过是很远的地方，是夏季的海，平静，沉默，它的永远变化着的蓝色和绿色，在最远处被明亮的中午的轻雾弄朦胧了。向内伸展着上面有羊点缀着的、起伏不平的广阔的高地，再往远处便是耕地和苏塞克斯林野的绿林，颜色像上面的青天一样，不过更深就是了。靠近处，在那面可爱的洼地，几乎隐藏在树间，有一个古老而又古老的小村落，褐色的屋顶被金色的苔藓点缀着；我看到低矮的教堂尖顶和四周的小小的墓场。同时在高高的天空中，有一只云雀正歌唱着。它落到它的巢里去了，我可以梦想到，它的快乐的歌中有一半幸福是对于英格兰的爱……

天几乎黑了。有一刻钟，我一定是借着火反映到我书桌上的光写字；这光在我看来仿佛是夏季的太阳。雪仍然在飘落着。我看到它反映着逐渐消失的天空的幽灵似的闪光。明天它会在我的园子上落得很厚了，而且或许要有好几天。但是在它融化的时候，它会留下雪花（植物名）来的。在使大地温暖的白色外衣下面，番红花也正等待着呢。

24

时间是金钱——任何时代，任何民族所知道的谚语中，最世俗的一个这样说。但是翻转过来，你却可以得到宝贵的真理——金钱是时间。在被雾闹得乌黑的早晨，我下来看到书房里熊熊的火爆响和跳动着的时候，想到它。假设我穷到烤不起那快意的火，这一整天对我会何等不同！我不曾因为缺少使我心里和谐所需要的物质的舒服，将我的生命损失了许多天，许多天吗？金钱是时间。我用金钱买来许多钟点供我欢快地运用，要不然，这些钟点无论就怎样意义说也不算为我所有；不，它们会使我成为它们的不幸的奴隶。金钱是时间，谢天，对这样的购买所需用的金钱很少。有过多的钱的人和钱不够的人，往往在金钱的真正用途上面同样糟糕。我们一生除了买时间，或想法买时间之外，做什么事呢？我们多数人用一只手抓来，用一只手扔去。

25

黑暗的日子就要结束了。不久就又到春天了；我将走出到田野里去，将近来太扰闹我炉边生活的恐惧和扫兴的思想摆脱掉。在我，自我做中心是一种美德；从各种观点看，我只为自己的满足而生活的时候，比较我为世界焦心的时候，要忙得有意义得多。世界使我害怕，一个害怕的人对什么事都无用。我知道只有用一种方法，我可以好好地尽一份积极的公民的职责——就是在一个小小的市镇上，教半打可教的孩子，使他们为读书而爱读书。我敢说，这是我可以做到的。可是，也不一定；因为我必须要年轻人和我在老年有同样的心，没有无益的野心，不受达不到的理想所扰。像我现在这样生活着，比我在劳作生活的任何时期，都更无愧我的国家；我猜想，比多数因为忙碌的爱国思想而受称赞的人更无愧。

并不是我认为我的生活是其他什么人的模范；我所说的只是，这种生活对我好，而且在这样范围内对世界有益。在安静地满意中过生活，当然是公民的美德呵！若是你能做得更多，做吧，祝你成功！我知道我自己是一个例外。而且有些人的心和环境完全和我不相同，他们带着快乐和有希望的精力，献身于他们眼前的明白的责任，我发现：使他们的生活呈现在我的想象前，对于忧郁的思想总是很好的解毒剂。愚蠢和卑污成为现今世界的很大部分,想到这些无论我们的心怎样丧气,可是要记住:有好多敏慧的人在勇敢地生活着,任何地方可以发现的善,他们都看得到,他们不为噩兆而扫兴,并用尽全力做他们不得不做的事。在各地都有这样的人,为数并不少,成为一大集团,并不分种族或信仰;因为是他们在组成名副其实的人类,而且他们的信仰只有一个:崇拜理智和正义。将来是属于他们,还是属于能言的人猿,没有人说得定。但是他们活着而且工作,守护着神圣希望的火。

在我的本国,我敢想他们比旧时人数少了吗?有几个我是认识的;他们向我保证四面八方人数众多。气质高贵的心,勇敢,慷慨;清楚的头脑,锐敏的眼睛;命运无论善恶都同样可以应付的精神。我看到真正的英格兰的儿子,他的精力和美德都没有受损。在他的血里有着好名誉的本能,有对于卑污的轻视;他不能容忍他的话被人怀疑,他的手宁愿将一切给出去,也不愿用卑下的吝啬得利。只有在无用的言语上他是节省的。一个忠实至死的朋友;对于要求他的爱的人,温存里寓着庄严的和蔼;在淡泊的表面之下,对于他视为神圣的一切事都富有热情。是憎恶纷乱和无聊的喧闹的人,他的地位不在群众拥挤的地方;他不矜夸他已经做过的事,也不大言允诺要做的事;当愚蠢的叫喊声高大,明达的意见被压服的时候,他便离开,在别人蠢动破坏时,安心从事最近手边的平凡工作,建设着,增强着。他是永远怀希望的,并且认为对他的国家绝望是一种罪恶。"不然,若是现今不好,未来不一定也不好。"[128] 无论遭遇怎样的厄运和谗言，他总记住旧时在任何威吓之下，都勇往直前的那位英国人[129]；而且若有必要，也像他一样，能够使脚跟站稳等待，成为自己的责任和职务。

26

不耐烦地等待着春天的光，我近来将窗帘挂起睡觉，以便醒来时天空在望，今天早晨我刚在日出前醒来。空气是沉静的；西方的微微玫瑰红色告诉我东方有好天气的希望。我看不到云，在我的眼前，弯弯的月闪着光，向地平线落下去。

这希望实现了。早餐后，我不能在炉边坐下；实在，火是不大需要的；太阳引我出去，我整个早晨在湿润的小径上散步，以大地的气味使自己快乐。

在回家的途中，我看到最初的白屈菜。

所以，年又整整转了一周了。多么快；唉，多么快呵；在去年春季之后，能够是整整十二个月了吗？因为我这样满意生活，生命就必须这样溜走，仿佛对于我的快乐吝惜一样吗？从前的时候，一年将它的劳苦焦虑的长度缓缓拖走，而且总使期待失望。再早的时候，童年期的一年似乎是无穷的。和生活的熟识，使得时间迅速飞逝。就像儿童一样，在每一天都是向未知走的一步时，因为收集经验，日子便长了；过去的一周，在学习的事物的回顾中，已经邈远了，未来的一周，尤其在预告什么快乐的时候,总远远地延迟着不到。过了中年,人学习得少,期望得少。今天和昨天相像,和未来的明天也相像。只有身或心的痛苦可以延缓分不开的钟点。享乐这一天,看吧,它便缩成一瞬了。

我可以希望还有许多年;可是,假若我知道没有一年等待着我了,我也不会抱怨。我在世界上觉得不安心的时候,死会是很苦的;若是我发现我没有目的活了一生,终场会显得突然并无意义。现在呢?我的生活圆满了,它以童年的不假思索的自然快乐开始,它将在成熟的心的有道理的平静中终结。有许多次,在一篇作品上费过长期的劳力,终于使它完成了之后,我感谢地叹息一声放下笔。这作品是充满缺陷的,但是我真诚地工作了,做了时间,环境和我自己的天性所容许的事。愿我在最后一点钟也还如此。愿我能回顾我的生活是一件适当完成的长期工作——是一篇自传;很有缺点,但已经尽了我的力量做到了好处——而且只怀着一种满意的念头,欢迎那说了"完"字时随着来到的休息。

> 1944年2月16日,译完于四川北碚
> 1946年12月5日,校注完于台北
> 1982年3月1日,校改完于天津

注释

1 柯克（Russell Kirk）：《谁了解乔治·吉辛?》（见《乔治·吉辛评论集》）。

2 库斯蒂拉斯（Pierre Coustillas）为上书所写的导言。

3 雅各布·科革（Jacob Korg）的《乔治·吉辛之目的矛盾》一文所引。

4 参考《吉辛的女主角》，原载伦敦《泰晤士报文学副刊》，《乔治·吉辛评论集》收有此文。

5 参考加普（Samuel Vogt Gapp）：《古典作品对吉辛近代生活小说的影响》，文见上书。

6 雅各布·科革：《四季随笔的主要来源》（载《乔治·吉辛评论集》），原为《吉辛的杂记本》的导言。

7 汉森（Harry Hansen）为"近代丛书"版《新格拉布街》所写的引言。

8 参考麦凯（Ruth Capers MacKay）："作为社会画像家的乔治·吉辛。"

9 参考《永久的陌生人》，1948年2月14日伦敦《泰晤士报文学副刊》，《乔治·吉辛评论集》转载。

10 《吉辛的杂记本》（*Commonplace Book*）手稿现存纽约公立图书馆。印本有雅各布·科革的引言可参考。

11 弥尔顿（John Milton，1608—1674）是英国的诗人，著《失乐园》（*Paradise Lost*）等诗。

12 德文（Devon）是位于英格兰西南部的一个郡。

13 斯多亚派（也称"画廊派"）是希腊哲学家芝诺（Zenoo，约前342—前270）所创，学派的名称从他在雅典讲学的地方 Stoa Poecile（意为画廊）得来。他主张压抑感情，过克己生活，对人生持淡泊态度。

14 自莎士比亚（Shakespeare，1564—1616）的《理查二世》（*Richard* II）一幕三场引出，原文为二七五、二七六行。上天的眼睛是太阳。

15 约翰逊（Samuel Johnson，1709—1784）是英国的作家，所编的英文字典为开山的巨大工作。鲍斯威尔（James Boswell, 1740—1795）为他写了一部著名的传记《约翰逊传》，便是引语所从出的书。

16　夏隆（Pierre Charon, 1541—1603）是法国哲学家。

17　自雪莱（P. B. Shelley, 1792—1822）的《解放了的普罗米修斯》（*Prometheus Unbound*）一幕七九三至七九五行引出。

18　1 英里 = 1.609344 千米——编者注

19　兰姆（Charles Lamb, 1775—1834）是英国的随笔作家，所作有《伊利亚随笔集》（*Essays of Elia*）及《续集》（*Last Essays of Elia*）。本书 23 页《褴褛的老将》指破旧的书，语见他的 "*Detached Thoughts on Books and Reading*" 一文。

20　吉本（Edward Gibbon, 1737—1794）是英国历史学家，著有《罗马帝国衰亡史》（*The Decline and Fall of the Roman Empire*）。米尔曼（Milman）是伦敦出版家，于 1891 年至 1893 年曾出版此书注释本。

21　海尼（Heyne, 1729—1812）是德国的语言学者，曾编《提布卢斯诗集》。提布卢斯（Tibulluss, 前 55? —前 19?）是罗马的抒情诗人。

22　指古罗马诗人贺拉斯（Horace, 前 65—前 8），下面两行诗从他的《书信集》引出。

23　《真与诗》（*Wahrheit und Dichtung*），后定名为《诗与真》，是德国诗人歌德（Goethe, 1749—1832）的自传，述其年轻生活。容-施蒂林本名为约翰·海因里希·容（Johaun Heinrich Jung, 1740—1817）是德国作家，歌德友人。

24　1 磅 = 0.453592 千克——编者注

25　西塞罗（Cicero, 前 106—前 43）是古罗马的作家，政治家，尤以演说著名。

26　格雷维乌斯（Johann Graevius, 1632—1703）是德国古典学者。

27　格罗诺维乌斯（Abraham Gronovius, 1694—1775）是荷兰古典学者。

28　1 码 = 0.9144 米——编者注

29　1 英寸 = 2.54 厘米——编者注

30　古罗马诗人卡图卢斯（Gaius Valerius Catullus，约前 84—约前 54）在诗中称其所爱之女子为莉丝比娅（Lesbia），有诗咏她的爱雀之死。

31　《效法基督》（*Imitatio*，又译《遵主圣范》）可能是德国坎普滕的托马斯（Thomas Kempis，1380？—1471）所作。

32　米什莱（Michelet，1798—1874）是法国的历史学家。

33　阿普列尤斯（Apuleius，约 123—约 180）是古罗马讽刺作家，哲学家，著《变形记》（又译《金驴记》）；琉善（Lucianos，约 125—约 192），是古希腊讽刺作家，著《冥间的对话》《真实的故事》等；佩特罗尼乌斯（Petronius），公元一世纪时人，是古罗马皇帝尼禄（Nero）时代作家，著有《萨蒂里孔》；第欧根尼·拉尔修（Diogenes Laertius，200？—250）是古希腊作家，著《名哲言行录》十卷。

34　保萨尼阿斯（Paussanias），二世纪希腊旅行家及地理学家，著有《希腊记事》。

35　达恩（Felix Dhan，1834—1912）是德国的历史家和诗人。

36　指英国诗人彭斯（Robert Burns，1759—1796）的《汤姆·阿香脱》（*Tam O'Shanter*），这是他的一篇诗。

37　司各特（Walter Scott，1771—1832）是英国历史小说作家。

38　福楼拜（Flaubert，1821—1880）是法国的小说家，在小说的艺术上费尽推敲的功夫。

39　塞万提斯（Cervantes，1547—1616）是西班牙的作家，所著《堂吉诃德》最有名；桑丘（Sancho）是堂吉诃德的侍从。

40　萨克雷（W. M. Thackeray，1811—1863）是英国的小说家，法林陀斯是《纽可谟一家》（*The Newcomers*）中的人物。

41　福平顿是英国戏剧家范布勒（Vanbrugh，1664—1726）的剧本《旧病复发》(*The Relapse*)中的人物,以自己的机智而自负。

42 欧几里得(Euclid)是约公元前三世纪的希腊几何学家。

43 阿贝尔堂是伦敦举行音乐会等的大会堂,可容八千人。

44 格拉斯顿伯里为一古城,传阿里马西亚的约瑟(Joseph of Arimathaea)在这里建立英格兰第一座教堂。圣荆山相离甚近,传说约瑟以杖插山上,在圣诞节开了花。

45 弗农(Vernon,1774—1849)是著名艺术品收藏家。

46 《谷里农家》和《麦田》是英国风景画家康斯太布尔(John Constable,1776—1837)所作的画。

47 《鼠穴荒原》是英国的风景画家克罗默(John Crome,1768—1821)所作的画。

48 艾萨克·沃尔顿(Izaac Walton,1593—1683)是英国的作家,所作的几篇传记,约翰逊赞此类为文学模范。他所著《钓客清话》(*The Compleat Angler*)尤有名。

49 维吉尔(Vergilins,前70—前19)是古罗马的诗人,所著《埃涅阿斯纪》(*Aenied*)最有名。

50 《远征记》(*Anabasis*)是古希腊历史学家色诺芬(Xenophon,约前430—约前355或前354)的著作。

51 利德尔(Liddell,1811—1896)是英国的学者和神学家,所著《古罗马史》甚风行一时。他与司各特合编《英希字典》(1843)。

52 希罗多德(Herodotos,约前484—约前425)是古希腊的历史学家,西塞罗称其为"历史之父",著有《历史》。

53 恺撒(Julius Caesar,前102或前100—前44)是古罗马的大将,政治家兼作家;《内战记》(*Coommentaries*)是他对议会的作战报告。

54 但丁(Dante,1265—1321)是意大利的诗人,名著有《神曲》(*Divine Comedy*)。

55 乔叟（Geoffrey, Chaucer, 约1343—1400）是英国的诗人。名著有《坎特伯雷故事集》（*Canterbury Tales*）。

56 1品脱＝0.5683升——编者注

57 坦塔罗斯（Tantalos）是希腊主神宙斯之子，被罚投下界湖中，渴时水退，饿时果升，不得饮食。

58 伊米托斯（Hemettus）是雅典附近的山，现名特里罗山（Tréelo-Vouno），古今均以出蜜著名；伊布拉（Hybla）是西西里（Sicily）岛的地名，产蜜因得诗人们吟咏亦有名。

59 夏罗（Shallow）是莎士比亚《亨利四世》第二部中的人物，此句引自三幕二场二三一行。是福斯塔夫所说的一句话。埃文河上的斯特拉特福德（Stratford-on-Avon）是诗人的出生地。

60 1887年为维多利亚女王即位五十周年，1897年即位六十周年，第二次周年纪念。

61 阿伽门农（Agamemnon）是希腊征特洛伊（Troy）军的总司令，以烽火为号报告得胜归来消息，故房上常有人守望。他归后为妻所杀。见古希腊悲剧作家埃斯库罗斯（Aeschylos, 约前525—前456）的《阿伽门农》。

62 "Videant Consules"是古罗马名演说家西塞罗演说词中语。下面的话是：不要使共和国受到损害（ne quid res publica detrimenticapiat）。

63 N指威尔斯（H. G. Wells），英国作家。

64 格拉布街（Grub Street）是旧时伦敦的一条街名。现改名弥尔顿街（Milton Street）。这条街是许多穷苦被雇的作家的住区，因此借指这些作家们。

65 帕蒂（Adelina Patti, 1843—1919）是声乐家，被公认为声乐史上1861年至1906年近五十年间世界上最伟大的女高音歌唱家。生于马德里，父亲为意大利人，母亲是西班牙人。

66 肖邦（Chopin, 1810—1849）波兰的作曲家和钢琴家。

67 英国小说家斯特恩（Laurence Sterne, 1713—1768）所著小说。

68 席勒（Schiller, 1759—1805）是德国的诗人和剧作家，与歌德（1749—1832）为至友。

69 伯顿（Burton, 1577—1640）是英国的作家，使约翰逊起床的书是他的名著《忧郁之解剖》(*The Anatomy of Melancholy*)。

70 阿伏洛纳在亚得里亚海（Adriatic Sea）南部，属于阿尔巴尼亚（Albania）。古名为奥龙。

71 科孚属希腊，在地中海之科孚岛上。

72 布林迪西是意大利东南部的一个城市。

73 阿克洛塞洛尼亚岬在阿尔巴尼亚。

74 《布谷歌》(*Cuckoo Song*) 是约 1250 年时的英国无名作者的一首诗。

75 丁尼生（Tennyson, 1809—1892）是英国维多利亚时代的诗人。

76 蒲柏（Pope, 1688—1744）是英国精于对句（Couplet）的诗人，《黄昏颂》(*Ode to Evening*) 是同时代的英国诗人威廉·科林斯（William Collins, 1721—1759）所作。《墓场挽歌》(*Elegy Written in a Country Churchyard*) 是格雷（Thomas Gray, 1716—1771）所作。

77 透纳（Joseph Mallord William Turner, 1775—1851）是英国的风景画家，以色彩鲜艳著称。

78 比尔凯特·福斯特（Myles Birket Foster, 1825—1899）英国乡村风景水彩画家。

79 自莎士比亚的《麦克白》(*Macbeth*) 五幕三场二十五行引出。麦克白自叹老年不可能有这些。

80 E. B. 的全名是：Edward Beetz，同吉辛通信甚多，信现藏耶鲁大学图书馆。

81 圣伯夫（Sainte-Beuve, 1804—1869）是法国的文学批评家。《波尔-罗雅尔》，即《波尔-罗雅尔修道院史》一书，论述隔段提到的居住在那里的许多人物。在 17 世纪这个修道院发生重要的教育改革，即改变耶稣会

（Jesuits）的教育方式，而侧重个人的发展。

82　詹森（1585—1638）是荷兰的神学家。上段论到的人物是他的信徒。

83　投石党是法国的一个政党，在路易十四幼时曾起内乱，与在朝党宣战。

84　黎塞留（1585—1642）是法国的政治家，曾任路易十三的首相。

85　马萨林（1602—1661）是法国的红衣主教及政治家，曾任路易十四的首相。

86　莫里哀（1622—1673）是法国的喜剧作家。

87　达尔文（Charles Darwin, 1809—1882）是英国生物学家，以进化论闻名于世。

88　自莎士比亚的《李尔王》（*King Lear*）四幕六场一三三行引出。李尔王在这段长台词中咒骂他的不孝的女儿们。

89　爱迪生（Edison）是现代美国的发明家，电学家；马可尼（Marconi）是现代意大利的电学家。

90　斯宾诺莎（Spinoza, 1632—1677）是荷兰哲学家，原为犹太人。

91　马可·奥勒留（Marcus Aurelius, 121—180）是古罗马的皇帝，著有《沉思录》（*Meditations*）。

92　自《新约：希伯来书》十一章一节引出："信仰是所希望的事物的实质，是未见的事物的明证。"

93　拉丁原文是 Sed Victa Catoni, 古罗马诗人卢坎（Lucan）语，全句是"战胜的方面使诸神欢喜，但是失败的方面使加图（Cato）高兴"。加图助庞培（Pompeius）反恺撒（Caesar），庞培败，加图去非，后闻恺撒屡胜，遂自杀。

94　伯利克里（Periclēs, 约前495—前429）是雅典极盛时代的政治家。

95　自莎士比亚的《亨利五世》四幕一场二九三行引出。

96　霍桑（Hawthorne, 1804—1864）是美国的小说家，溪村是他们尝试用体力劳动调和智力活动的新村，未一年即失败。

97 阿卡狄亚（Arcadia）是古希腊伯罗奔尼撒半岛（Peloponnesos）中部高原，曾有田园诗流行其地，并影响以后的罗马人，所以这个地名便成为代表安静单纯的田园生活的名词了。

98 忒奥克里托斯（Theocritos，约前310—约前250）是古希腊诗人。

99 拉丁原文是：cum regnat rosa, cum madent capilli。自罗马讽刺诗人马提雅尔（Martialis，40—约104）的《警句诗》（*Epigrams* 10.20.20）中引出。希腊人宴饮时头上戴玫瑰花环。

100 波塞冬是希腊神话中的海洋神。

101 亚壁古道是一条石砌的大道，长约三百五十英里，约纪元前三百一十二年由失明的克劳狄（Appius Chaudius Ceacus，约前340—前273）创始，故名，今尚有一部分。

102 自贺拉斯（Horatius）的诗 *Ode*（3.30）中引出。上文为，"我将不断生长，并在后代的称赞中永远新鲜"（usque ego postera Crescam laude recens）。

103 特罗洛普（Anthony Trollope，1815—1882）是英国的小说家，以假想的巴塞特郡为背景的一系列小说是他主要的作品，尤以《养老院院长》（1855）、《巴塞特寺院》等著名。他主要在早餐前写作，每小时固定为一千字。他于1883年出版《自传》（*Autobiography*）。

104 狄更斯（Dickens，1812—1870）是英国的小说家。

105 夏洛特·勃朗特（Charlotte Bront，1816—1855）是英国的女小说家。著有《简·爱》等。

106 福斯特（Forster，1812—1876）是英国的传记家和批评家，为狄更斯之至友，曾为他作传（1872—1874）。

107 拉丁原文是：Ouae nobis pereunt et impulantur。自罗马诗人马提雅尔的《警句诗》（5.20.13）引出。

108 自莎士比亚的《汉姆雷特》（*Hamlet*）二幕二场三一五行引出。汉姆雷特的意思指天空。

109 自莎士比亚《皆大欢喜》(*As You Like It*) 二幕七场一七四行引出，是一首歌的首句。

110 黑乡是指英格兰中心产煤铁的区域。

111 自蒲柏的《人论》(*Essay on Man*) 引出。

112 肖尔迪奇在伦敦东端。

113 《奥德修纪》十三卷三七二行。

114 弗林德斯·皮特里 (Flinders Petrie, 1853—1942) 是伦敦大学的埃及学教授，马伯乐 (Caston Maspero, 1846—1916) 是巴黎大学的埃及研究教授。

115 拉姆塞 (Sir William M. Ramsay, 1851—1939) 是阿伯丁大学 (University of Aberdeen) 的教授，以小亚细亚的发掘著名。

116 拉丁原文是：O mihi praeteritos referat si Jupiter annos! 自维吉尔 (Vergilius) 的《埃涅阿斯纪》(*Aeneid*) 八卷五六〇行引出。

117 卡莱尔 (Thomas Carlyle, 1795—1881) 是英国历史、传记及散文作家。克伦威尔 (Oliver Cromwell, 1599—1658) 处英王查理一世 (Charles Ⅰ) 死刑，成立共和政治 (The Commonwealth, 1649—1659)。自然为保王党痛恶，卡莱尔却是崇拜他的，所编著《克伦威尔书信讲演集》(*Letters and Speeches of Oliver Cromwell*)，便是他的事业生活的光荣记载。

118 自丁尼生 (Tennyson, 1809—1892) 的《纪念诗》(*In Memoriam*) 引出。这是纪念他的友人的连续诗篇。

119 《路加福音》二章十四节。《新约》全句的旧译文是："在至高之处荣耀归于上帝，在地上平安归于他所喜悦的人。"

120 在英王查理一世与国会冲突斗争的时代，保王党被称为"Cavalier"，是在英文中早就含轻视意义的一个词；保王党不久就作为荣衔自称，而称反对党为圆头党（又译圆颅党）。

121 参看注117。

122 佩克斯尼夫是狄更斯所著小说《马丁·朱述尔维特》(*Martin Chuzzlewit*) 中的人物,满口善言的伪善者。

123 达尔杜弗是法国喜剧作家莫里哀(Molière)所著同名喜剧中的主要人物,是冒充虔信的伪君子。

124 一般认为拿破仑所说,实乃巴雷尔(Barere de Vieuzac)演说中语。

125 斯图亚特(Stuart)王室统治英国的时代为1608年至1688年;都铎(Tudor)王室为1485年至1603年。

126 考利(1618—1667)是英国诗人及散文家。

127 霍恩德斯迪奇(Houndsditch)是伦敦东端犹太人住区。

128 拉丁原文是:Non, si male nunc, et olim sic erit。自贺拉斯的诗(*Carmina*, 2.10.17)中引出。

129 指诗人弥尔顿。"无论遭遇怎样的厄运和谗言",见《失乐园》七卷二十六行。

译者后记

《四季随笔》是我于 1944 年 2 月在四川北碚译完后，在一个期刊上分期发表的。1947 年 1 月由台北台湾省编译馆印了 2050 册。印成后，我想到陈翔鹤同志在北平曾同我谈到过，他也很喜欢这本书，便寄赠了他一本。新中国成立后，我们虽曾在天津见过面，又在四川土改，朝夕共处过几个月，但我们的文学兴趣似乎都有些改变，并没有再谈到过这本书及其作者。"十年动乱"初期，我已经同外界几乎隔绝，但有一天我突然接到翔鹤寄来的《四季随笔》。我想起往事，很觉欣慰，但也未觉怎样惊奇。以后我听到他含冤逝世，才知道这是他向我告别。我默默流了泪，没有向任何人说起过这件事。是呀，除了默默悼念，有什么话可说呢？

比翔鹤和我们更年轻的人，也有爱读《四季随笔》的。我记得接到过一位青年中学教师来信说，他是外国语学院毕业，很想再读一次这本书，但是找不到了，问我可否借给他一本，他想抄录书中一些段落，一周后把书还我。我把手边唯一的一本寄给他，他按时把书寄还我了。我本想书若重印，送他一本，可惜在"十年动乱"中，这封信失去了。

在一次外国文学学会的会议上，遇到杨岂深同志，他劝我将《四季随笔》校改一回重印。我那时正想将几本还可以看看的译书校改一回，加写新序，奉献给新一代的读者，老朋友的话对我是一大鼓舞。现在此愿已了，校改本已有出版社愿意印行了，希望书成送到他的手里，我们可以相视一笑。

此外还有好几位相识和不相识的朋友或当面，或来信问到这本书，作者吉辛在中国也就不算太寂寞了。作为译者，我自然也感到欣慰。

同样使我感到欣慰的是朋友们对我的帮助。《四季随笔》在日本早就有原文注释本，是市河三喜注的，对于希腊罗马作家的引文出处，为我解决了很大的困难。书前有一篇土居光知的导言，孙履恒同志为我译成中文供参考；日文注释不明处，也由他给我解释。对于履恒同志和两位日本学者，我表示衷心的感谢。

吉辛的作品在国外很受冷落，他的有些小说和论狄更斯的著作，已是绝版书，承叶嘉莹教授和钟慕贞女士为我影印了几本，对于我写序很有帮助。我衷心感谢她们。北京图书馆，上海师范大学图书馆,都在提供吉辛作品上给我很大方便,我十分感谢。

初译本书时,我曾就希腊文和拉丁文向杨宪益和方豪先生请教过;这次校改时,金琼英同志为我校正一些法文译文和人名,刘文贞同志就译文和前言提出若干意见供我参考修改。我谢谢她们。

限于水平,译文还很有令人不能满意之处,希望得到读者的指正。

1983 年 4 月 15 日